L'AU-DELÀ EXISTE

Avocat à la Cour de Cassation de Trieste, Lino Sardos Albertini fut président de l'Académie des études juridiques et économiques « Cenacolo Triestino » et président du Conseil diocésain d'Action catholique de Trieste, vice-président national de l'Union paneuropéenne et président de l'Archéoclub de Trieste. Il a réalisé diverses études à caractère juridique, civique et européen.

LINO SARDOS ALBERTINI

L'Au-delà existe

Un témoignage exceptionnel
rigoureusement documenté

PRÉFACES DU PÈRE PASQUALE MAGNI ET DU DOCTEUR PAOLA GIOVETTI

Édition mise à jour

FILIPACCHI

Titre original :
ESISTE L'ALDILÀ
publié par Luigi Reverdito Editore
Via Bolzano, 34, 38014 Gardolo di Trento, Italie.

AVERTISSEMENT

Tous les faits rapportés dans le présent volume correspondent rigoureusement à la réalité sans la moindre altération et sont tous abondamment documentés.

A la requête de l'auteur, nous signalons que Monsieur Lino Sardos Albertini a demandé à ce que la totalité de ses droits soient versés à une institution religieuse.

Préface

par le père Pasquale Magni[1]

« *Credo ut intelligam.* »

« Je suis ouvert à la Foi parce que je désire comprendre. »

Lorsque l'on parle des risques de la Foi, dans le contexte de la pratique religieuse, on oublie souvent un type de risque qui consiste en la « perte des dimensions ». Oubli qui, sous prétexte de fidélité à la lettre, a rendu myopes de nombreux théologiens de l'époque de Galilée, à tel point qu'il est advenu ce que l'on sait. Cette myopie, nous la retrouvons presque intacte au siècle dernier, confrontée à la profondeur du phénomène « vie ». Elle prévaut encore aujourd'hui face à un phénomène nouveau qui rappelle la profondeur « posthistorique » de cette même vie, c'est-à-dire tout ce qui dépasse les dimensions de l'espace et du temps. Le chrétien pratiquant chaque dimanche conclut son « acte de Foi » par ce merveilleux « pentagramme » qui a dans son

1. Théologien, épistémologiste, président de l'Association culturelle « Acropolis » de Rome, directeur du « Studium Christi » de Rome, vice-président du Centre international de comparaison et de synthèse de Rome, écrivain, ancien supérieur de la Compagnie de Saint-Paul.

feu, son absolu, l'accomplissement de *la Vie après la Vie,* dont la portée est insondable : « *Je crois en la Vie éternelle* », mais quand il quitte le Lieu Saint pour retourner au monde profane, il semble souvent oublier tout ce qu'il a dit.

Entre l'acte de Foi en la Vie immortelle — la Vie au sens fort — et les actes de l'existence de tous les jours, s'interpose non pas un seuil de communication, mais plutôt une cloison. Ce voile du temple, qui, au dire de l'Évangile, se déchira à la mort du Christ, se reconstitue chez de nombreuses personnes, comme une membrane, bien différente du tympan, faite exprès pour mettre en communication deux mondes distincts, mais non séparés : le monde extérieur, sensoriel par définition, et le monde de l'intériorité, spirituel par constitution et, par conséquent, immortel.

La perte des dimensions, de la « *hauteur et de la profondeur* » — pour employer une image toute paulinienne — rend sourds, pour ne pas dire bouchés, beaucoup d'incroyants et pas mal de croyants.

La prise de contact avec ce livre et avec les événements qui en constituent la trame entraînera sûrement deux réactions immédiates et opposées, analogues à celle d'une prise de courant. La réaction de qui redoute et lâche prise immédiatement; et la réaction de qui demande : « *De la lumière et encore de la lumière !* »

Aux myopes viennent se joindre habituellement les timorés : « *Je ne veux pas courir de risques* », dira le bon positiviste, fidèle au registre de ses sens. Mais comment peut-on survivre au niveau de ce registre quand toute la science moderne écrit désormais sa partition au-dessus et en dessous des lignes classiques ?

« *Je ne veux pas courir de risques* », diront la femme, l'homme de Foi en répétant des formules qui sont comme des perles. Les perles, précisément, ne sont nullement biodégradables et sont rebelles, par conséquent, à se transformer en processus vitaux.

Ce mouvement circulatoire, auquel Paul VI faisait référence quand il parlait d'Évangile et de Culture moderne, exige l'adoration, certes, mais nécessite en même temps la Communion : comme l'Eucharistie, acte vital par excellence.

Le processus vital, typique de l'homme, « *créature de Dieu* », n'est-il pas la connaissance et l'amour conjugués ?

Ce livre parle de l'amour d'un père qui a perdu son fils et qui ne sait où et comment il l'a perdu.

La recherche de ce « *comment* » et de ce « *où* » l'a conduit dans une dimension qu'il n'aurait pu concevoir. Bien sûr qu'il croyait en la Vie éternelle. Il répétait comme tous les autres fidèles les paroles du « *credo* ». Il aidait même d'autres personnes à pratiquer les œuvres de la Foi puisqu'il était dirigeant de l'Action catholique d'une ville de frontière. Il n'imaginait pas cependant qu'il se trouvait le long de la frontière de *la Vie après la Vie.* Il fallait que son fils disparaisse dans la nuit, pour que dans son esprit l'aube puisse se lever.

Nous les auditeurs, nous les lecteurs, nous nous trouvons confrontés à un drame humain et nous nous y laissons prendre. L'émotion est comme la vague d'une mer agitée par le vent. Ses modulations de fréquence sont vives. Elles sont aussi le signe d'une participation immédiate. Mais que cesse le vent, l'impulsion tombe. Et tout retourne à l'état premier.

Mais l'auteur de ce livre ne nous demande plus de la compassion. Il nous demande notre participation : participation à une Foi qui est devenue certitude. Son fils vit au-delà de la frontière bordée entièrement du fil barbelé que nous appelons la mort.

Ce n'est plus un cœur lacéré qui nous réclame une goutte d'huile pour adoucir sa blessure. C'est un cœur illuminé, comme si cette goutte d'huile s'était transformée en un flot de lumière, comme le savaient très bien les anciens chrétiens des catacombes.

Soit, dit le sceptique revenu à la longueur d'onde des jours ordinaires, quelquefois l'amour paternel peut accomplir des prodiges.

Mais où parviennent-ils, les messages, sinon dans son cœur même, qui a su transformer « *la pointe acérée de l'épine en un bouton de rose* » ?

Nos explications tendent à rester autogènes. Mais cet homme insiste. Et il nous invite à considérer les circonstances de ces « *retrouvailles* » dans une perspective bien différente de celle initialement prévue : perspective consolatrice suivant les « *raisons du cœur* », ou policière, suivant les usages culturels de l'âge de la télévision.

Mais l'éventualité est tout autre : une existence se manifeste à travers une médiation, appelée autrefois inspiration. La main écrit de manière insolite. La personne transcrit des messages qui ne semblent vraiment pas être élaborés au niveau de ses connaissances personnelles. Alors, à quel niveau le sont-ils ?

Le champ des hypothèses déborde précisément des limites habituelles, pour atteindre un domaine que la métapsychologie, science ou tout au moins science en devenir, explore lentement.

Pas à pas nous irons loin.

Ce que la Foi annonce fermement et que la « *théologie des choses ultimes* » désigne par le terme de « *survivance* » se révèle désormais susceptible de réflexion renouvelée.

Il est temps de passer du premier lait — pour une nourriture solide, car sinon on reste un petit enfant, comme le rappelle l'apôtre Paul — à une nourriture adaptée à l'âge. Notre temps est peut-être en cela le plus privilégié. La richesse des phénomènes, mais aussi la finesse des instruments utilisés pour les explorer, nous porte à reconnaître dans les termes *la Vie après la Vie* autre chose que la projection transfigurante de nos aspirations les plus profondes. Elle nous incite à découvrir ce noyau constitutif de l'être qui, comme tel, est immortel.

La lumière qui parvient à l'existence immanente, en provenance de la « *transcendance* » finale, n'est-elle pas, peut-être, la valeur la plus haute de l'échelle logarithmique de toutes les valeurs humaines ?

[illegible] adaptée [illegible] et de plus profiter à la [illegible] mais [illegible] la [illegible] des institutions [illegible] peut [illegible] exploiter [illegible] dans les [illegible] à la [illegible] que la protection [illegible] les plus [illegible] d'un [illegible] constituer [illegible]

La [illegible] qui [illegible] peut être la valeur [illegible] de l'humanité [illegible]

[illegible] mondialement [illegible] [illegible]

[illegible]

[illegible] de quelques [illegible] sur la [illegible]

Avant-propos

par le docteur Paola Giovetti [1]

Je dois avouer que les circonstances dans lesquelles a eu lieu mon « *impact* » avec l'avocat Lino Sardos m'ont littéralement coupé le souffle, alors que de nombreuses années de recherches et de multiples rencontres dans le monde du paranormal m'avaient appris à ne plus m'émerveiller de rien et à accepter des faits apparemment incroyables.

Au moyen de l'écriture automatique d'une médium, Madame Anita, un contact avait été établi entre Monsieur Sardos et son fils Andrea, mort depuis quelques années dans des circonstances dramatiques. Il avait demandé avec insistance à son père de se mettre en rapport avec une certaine « amie Paola » susceptible d'apporter son aide dans un but bien précis. Par la suite, Andrea avait spécifié que le nom entier de l'« amie Paola » était Paola Giovetti et avait ajouté que, dans les prochains jours, elle devait

1. Spécialiste en parapsychologie de renommée internationale, auteur de nombreuses enquêtes sur le sujet, auteur de différents ouvrages sur la parapsychologie, rédactrice de la revue « Lumières et Ombres », propagatrice de la parapsychologie par le moyen de revues de large diffusion, de la radio et de la télévision, journaliste.

participer au programme bien connu de la première chaîne de la RAI, « Italia Sera ». Inutile de dire que tout cela était exact.

L'avocat Sardos ne me connaissait pas, il n'avait jamais lu mes articles et il ne s'occupait nullement de parapsychologie. Il avait trouvé Madame Anita par hasard. Elle lui avait été recommandée par une dame de sa connaissance. Désespéré par la mort de son fils, il avait voulu tout tenter pour connaître les causes de la tragédie. Il s'était donc approché du paranormal, qui lui apporta les preuves les plus extraordinaires. Ces preuves eurent le don de le ramener à une certaine sérénité et de transformer sa recherche initiale des causes d'un décès en quelque chose de tout différent : le témoignage d'un contact établi avec une autre dimension.

C'est donc par cette voie insolite que j'ai fait la connaissance de l'avocat Lino Sardos et que je me suis retrouvée liée par des fils ténus, mais solides, aux vicissitudes terrestres et supra-terrestres d'Andrea et investie de la tâche d'aider à la divulgation d'un message qui parle de survivance et d'espérance. Je ne pouvais ni ne voulais me récuser. J'ai accepté d'instinct l'invitation qui m'était adressée par cette voix lointaine. Les faits m'ont confirmé qu'il avait été juste de le faire : les messages, leur qualité, les preuves recueillies avec tant de ténacité, mais aussi avec un tel sens critique par l'avocat Sardos, la manière par laquelle les messages eux-mêmes étaient transmis, tout m'a convaincue de l'authenticité du cas et de l'opportunité de le faire connaître. J'ajoute que lors de notre première rencontre, en novembre 1984, Lino Sardos n'avait aucune idée sur la façon de diffuser un témoignage aussi particulier. Mais Andrea insistait. Il disait que les choses iraient de l'avant si j'aidais son père dans cette entreprise et que tout se passerait pour le mieux. En effet, dans l'intervalle de quelques mois, le livre était écrit et publié et le message a commencé à faire son chemin. Pour préparer ce livre, Lino Sardos s'est improvisé écrivain et a assumé cette tâche, toute nouvelle pour lui, de façon remarquable.

Cela vaut la peine de dire quelques mots au sujet du mode de transmission des messages. L'écriture automatique de Madame Anita est parmi les plus étranges qu'il m'ait été donné de rencontrer. La dame, qui n'est pas gauchère, ouvre la main gauche et pose contre la paume une pointe feutre qui, après un instant, se « colle » littéralement à la main et commence à se déplacer d'elle-même. La médium la suit avec attention et l'écriture se fait verticalement, de haut en bas. Pour lire, il faut tourner la feuille. J'ai voulu m'essayer à écrire en employant le même feutre et le même système et je ne suis pas parvenue à tracer la moindre ligne continue : ou le feutre tombait, ou bien, poussé par la main, il se déplaçait péniblement sur la feuille, sans presque laisser de trace, la pression étant insuffisante. Du reste, chacun pourra s'en assurer facilement : il suffit d'en faire l'essai.

Le contenu des messages est de loin supérieur à la culture de la médium, mais en harmonie avec celle du jeune homme cultivé, presque licencié en droit qu'était Andrea. Le contenu est aussi, sous certains aspects, étranger aux connaissances et aux attentes de l'avocat, d'Anita et même d'Andrea de son vivant : ils dénotent un passage, une transformation.

La figure d'Andrea se détache nettement des pages de ce livre : un jeune homme extraordinaire, au destin spécial, dès son jeune âge, protagoniste d'un miracle (la récupération de sa faculté d'audition) et destiné à une vie brève afin de mener à bien d'autres tâches plus importantes : contribuer à faire grandir parmi les hommes la Foi dans l'au-delà.

Ces messages ont une telle force de persuasion qu'ils ont pu faire dire au père — un père déchiré par cette mort absurde et cruelle, sceptique au début sur la possibilité d'un contact et puis, petit à petit, de plus en plus convaincu jusqu'à ce que cesse toute résistance — que ce merveilleux entretien lui faisait accepter la perte d'Andrea, nécessaire pour que passe le message.

INTRODUCTION

La position de l'Église sur les phénomènes paranormaux

par le père Giovanni Martinetti [1]

Il me semble opportun de publier avant tout un texte illustrant la position de l'Église quant aux phénomènes paranormaux; il m'a été envoyé le 31 décembre 1986 par le père Giovanni Martinetti, célèbre spécialiste de phénomènes paranormaux et auteur d'œuvres importantes sur ce sujet. Ceci me semble très important, d'une part pour éviter que les lecteurs ne subissent les graves maux pouvant dériver de l'intérêt qu'ils portent à la matière, et d'autre part pour éviter les préjugés injustifiés de ceux qui ne la connaissent pas ou en ont une opinion erronée ou fausse. Voici ce que m'écrit le père Giovanni Martinetti :

« A mon avis, l'Église est très heureuse que la vérité annoncée par Jésus-Christ trouve confirmation aujourd'hui, dans notre monde sécularisé, grâce à des faits concrets susceptibles d'éveiller l'intérêt des indifférents et des agnostiques, qui, sans ces faits, percevraient difficilement la valeur des motivations les plus intérieures et les plus profondes de la Foi.

Parmi les signes et les indices d'une vie de l'au-

1. Prêtre, éminent spécialiste de phénomènes paranormaux, auteur d'œuvres importantes en la matière.

delà, dont font déjà état les Saints Pères, il y a en premier lieu certains phénomènes paranormaux "spontanés", c'est-à-dire non médiumniques, comme les bilocations [1] de vivants ou les apparitions de défunts (celles des Saints sont très nombreuses). Ces phénomènes, s'ils sont relatés par des témoins crédibles et s'ils sont liés à des événements objectifs (révélation de faits inconnus ou futurs qui se vérifient par la suite, guérisons instantanées, etc.), constituent pour l'homme moderne une invitation précieuse et convaincante à croire en Dieu, comme j'ai eu l'occasion de le montrer dans un livre récent (Giovanni Martinetti : *La Vie hors du corps,* Elle Di Ci, Turin, 1986), dont je suis en train de préparer une deuxième édition dans laquelle j'ai ajouté de nombreux événements historiques et contemporains.

Une deuxième catégorie de phénomènes en faveur de l'au-delà est constituée par les communications médiumniques, qui représentent toutefois un domaine délicat et dangereux, comme l'a déclaré maintes fois l'Église en se basant sur la Bible.

La Bible condamne la nécromancie (genre particulier de communication avec des défunts présumés, existant dans les cultures tribales mais présente également dans nos pays), en raison de ses étroites relations avec les religions magiques et naturalistes. Alors que Dieu, comme l'illustre la révélation biblique, veut nous conduire vers un bonheur supra-terrestre à travers l'amour, l'obéissance confiante envers Lui et l'acceptation de certains événements futurs qui nous sont inconnus, et qu'Il permet à chacun d'entre nous, l'homme

1. Bilocation : terme d'occultisme signifiant la présence d'une même personne physique en deux endroits à la fois.

lui, en se servant de la puissance des "esprits" (magie, divination, nécromancie), entend connaître son avenir, nuire à ses adversaires par des sortilèges et se bâtir à son gré un destin de succès, richesse et pouvoir : dans les cultures tribales actuelles où l'on pratique la nécromancie, le Créateur est oublié et, par l'intermédiaire des sorciers, tout le culte s'adresse aux morts, afin qu'ils jettent un mauvais sort sur les ennemis et qu'ils apportent des avantages matériels à ceux qui le demandent.

Les interdictions du Magistère à l'égard du spiritisme (la dernière date de 1917) sont motivées par celles de la Bible à l'égard de la nécromancie (qui peut présenter des affinités avec certains genres de spiritisme); elles sont surtout motivées par la possibilité, bien présente et non théorique, que, lors des communications médiumniques, on introduise sous un faux nom des esprits négatifs dont le but est de détourner les vivants du droit chemin et de provoquer chez certains d'entre eux un phénomène de "possession".

Les progrès réalisés par la parapsychologie scientifique font qu'aujourd'hui les experts, même croyants, ne voient certes pas la présence de Satan dans la plupart des messages médiumniques ordinaires, mais seulement des projections de la psyché du médium et des participants. Dans certains cas seulement ils reconnaissent des signes sérieux de contacts avec des êtres intelligents ne vivant pas dans notre monde.

1. C'est le cas lorsque le défunt présumé présente un caractère, une façon de penser et de parler qui, dans la vie, étaient le propre de la personne qu'il affirme être, ou lorsqu'il révèle les noms et les habitudes d'individus que lui-même et les participants de la séance connaissent, mais surtout lorsqu'il donne des informations absolu-

ment inconnues au médium et aux participants, informations que seul le défunt détenait lorsqu'il était de ce monde et qui apparaissent aujourd'hui comme exactes.

2. Ces révélations ont une valeur considérable si l'on peut constater l'absence de dons de voyance particuliers et extraordinaires chez le médium et les participants (c'est-à-dire si ceux-ci n'ont jamais eu de telles dispositions dans leur vie quotidienne), et surtout si ces révélations se produisent en présence de phénomènes paranormaux que l'on ne peut raisonnablement pas leur attribuer (par exemple lorsqu'un stylo écrit sans que le médium ne le guide). Dans ce cas, les informations inconnues jusqu'alors et qui se sont révélées exactes constituent un signe assez convaincant de la présence d'un esprit communicant de l'au-delà, mais ne fournissent pas encore de fortes probabilités qu'il s'agisse véritablement du défunt qu'il affirme être. Ces renseignements pourraient provenir d'entités d'un bas degré de moralité qui donnent des informations exactes et vérifiables afin de tromper dans d'autres domaines non contrôlables et de faire prendre aux vivants des positions qui, à la longue, s'avèrent déviantes d'un point de vue moral et religieux.

3. Dieu peut vouloir l'intervention de défunts dans notre vie pour nous aider à croire à la Vie éternelle et pour nous exhorter à ne pas nous attacher aux choses de ce monde (cf. saint Thomas, *La Somme,* I, 89, 8 ad 2; Suppl. 69, 3; et autres). Le Magistère catholique, en mettant en garde contre le spiritisme, n'a jamais déclaré que celui-ci a toujours des origines diaboliques. L'Église permet que des expériences soient faites dans ce domaine par des personnes compétentes

(ayant une solide formation religieuse et morale, un esprit critique, une certaine culture dans le domaine de la parapsychologie, un équilibre psychique), dans le seul but de rechercher la vérité et en prenant les précautions nécessaires (par exemple, le médium doit avoir fait preuve de droiture morale et n'avoir jamais agi dans un but lucratif ou afin de trouver la notoriété).

Par ces prescriptions, le Magistère se conforme à l'opinion prédominante parmi les experts selon laquelle les phénomènes médiumniques ont souvent pour origine des causes infraterrestres (l'inconscient des participants lors des séances ou les duperies des médiums), mais il n'exclut pas la possibilité que, dans certains cas, ce soient véritablement les défunts qui se manifestent.

Nous pouvons raisonnablement penser que le présumé défunt qui communique est réellement celui qu'il affirme être s'il y a suffisamment d'indices pour penser que sa communication a été voulue par Dieu et réalisée en communion avec Lui. Dans ce cas, nous, croyants, savons que :

a) Le défunt ne niera pas les points essentiels de l'Évangile et des enseignements de l'Église.

b) Il confirmera même peut-être certains d'entre eux et les approfondira.

c) Son intervention aura des effets positifs du point de vue moral et religieux (renforcement de la Foi, paix et sérénité retrouvées, prière, pardon, réconciliation, etc.).

Une fois toutes ces conditions remplies, on pécherait d'excès de rigueur méthodologique si l'on exigeait, pour croire à l'authenticité des communications, des preuves scientifiques, c'est-à-dire des preuves qui excluent de façon absolue toute possibilité d'erreur, même minime, et qui constituent une certitude mathématico-physique. Cette position pourrait faire échouer toute recherche, tant dans le domaine de la parapsychologie que dans toutes les autres disciplines ne portant pas exclusivement sur des phénomènes physico-chimiques.

En effet, les savants eux-mêmes croient des personnes, des événements et prennent des décisions importantes ou même vitales en se basant simplement sur des certitudes morales suffisamment méditées (les rapports humains, les faits historiques et les témoignages relatifs, les procès judiciaires, les valeurs humaines ne donnent pas de certitudes scientifiques). D'autre part, un savant croyant peut raisonnablement croire, comme c'est souvent le cas, aux apparitions de Lourdes, de Fatima ou autre, sans qu'il soit possible d'avoir des preuves scientifiques de ces faits mais seulement des certitudes morales. Même les apparitions narrées dans les Actes des Apôtres, les miracles de Jésus, les prophéties qui se sont vérifiées et les visions de Jésus ressuscité, que les Évangiles et l'Église ont toujours considérés comme des signes de la Foi, ne peuvent pas être étayés par des preuves scientifiques, mais se basent sur des certitudes d'ordre moral sérieusement fondées. L'intuition personnelle parvient ensuite à la certitude absolue de la Foi grâce à l'illumination divine.

En conclusion : les nombreuses et importantes influences positives qui tendent à prouver que "L'Au-delà existe" montrent que l'homme d'aujourd'hui a besoin de signes extérieurs et de faits objectifs pour renforcer une Foi qui a aujourd'hui plus de difficultés à s'affirmer. Nous, croyants, sommes en devoir d'étudier ce cas important, de même que le vaste et complexe domaine du paranormal : nous devons mettre fin au désintérêt et à l'indifférence qui, le siècle dernier, sous l'influence du positivisme prédominant, ont caractérisé une grande partie de la culture catholique. »

Le témoignage

Le pourquoi de cet ouvrage

J'estime qu'il est de mon devoir d'exposer à présent les raisons exceptionnelles qui m'ont poussé à écrire ce livre et à l'intituler ainsi.

J'ai toujours été de conviction catholique et je n'ai jamais mis en doute l'existence de l'au-delà. Au contraire, cette vérité constitue une des bases de ma Foi. Il en est d'ailleurs ainsi de toute religion qui n'est pas simplement un système philosophique. Cependant, je ne pouvais absolument pas imaginer qu'une telle vérité puisse être confirmée dans les faits.

J'ai toujours cru au dogme de la Communion des Saints qui exprime la communication existant entre les vivants sur terre, c'est-à-dire l'Église militante, et les âmes des défunts, lesquelles constituent l'Église souffrante et triomphante. Dans cet esprit, j'ai toujours prié pour le salut de l'âme de mes disparus et demandé à l'intervention de l'Église triomphante une aide pour les besoins matériels et spirituels de mes proches. Bien que nourrissant de telles convictions, je n'ai jamais été amené à les étayer de preuves susceptibles de confirmer cette vérité dogmatique.

Je dois ajouter que, pour ma part, je ne m'étais

jamais intéressé aux problèmes de la parapsychologie. Je ne connaissais même pas ce terme. Étant donné, d'une part, la mentalité positive découlant de mes études classiques et de mon activité professionnelle et, d'autre part, la rigueur religieuse dans laquelle j'ai été éduqué, je considérais le peu que j'avais entendu dire sur les phénomènes médiumniques, magiques, spirites, etc., comme étant le fruit d'illusions, d'artifices, d'exaltations ou même d'interventions diaboliques.

Par conséquent, jamais de ma vie je n'aurais pensé écrire et publier pareil ouvrage et, si quelqu'un me l'avait prédit, je lui aurais opposé le démenti le plus catégorique.

En revanche, si j'y suis venu, c'est parce que j'ai été le témoin de toute une série de faits exceptionnels qui ont eu raison de tous mes doutes et de mes réticences. J'ai ainsi emprunté un chemin que je n'aurais jamais pu imaginer parcourir.

Si j'anticipe en disant que j'y ai été incité par les messages de mon fils défunt, le lecteur aura parfaitement le droit de penser, dans un premier temps, que le chagrin m'a fait perdre la raison, surtout s'il envisage les choses dans le même état d'esprit que le mien au départ. J'ai cependant la certitude qu'après avoir pris connaissance de ce qu'ont été mes expériences — qui, du reste, trouvent confirmation dans de nombreux faits prouvés scientifiquement qui se sont produits dans le passé, se produisent encore maintenant, et qui, sans nul doute, se produiront encore dans le futur — le lecteur, s'il a lu mon livre avec un esprit ouvert, serein et exempt de préjugés, appréciera sous un autre jour les faits dont j'ai été le témoin.

Tout commença lorsque, en juin 1981, survint un événement terrible pour ma famille.

Andrea, le cadet de mes six enfants, un jeune homme exemplaire à tout point de vue, terminait sa dernière licence en droit. Comme il se sentait un peu fatigué à la suite du travail intense fourni lors des dernières semaines, il me fit part de son intention de prendre quelques jours de repos avant d'aborder le dernier examen. Il me confia qu'il partirait un jour prochain avec sa voiture, une « Dyane 6 » qu'il avait achetée d'occasion quelques années auparavant grâce à l'épargne que lui avaient rapportée ses activités de joueur de volley-ball en série A nationale. Il n'avait pas de but précis. Peut-être irait-il se baigner à Lignano, ou se rendrait-il à Florence voir les bronzes de Riace qui y étaient exposés à cette époque, ou encore séjournerait-il ailleurs ? Il me dit aussi que s'il allait à Florence il poursuivrait son voyage en train à partir d'un quelconque endroit. En effet, il n'aimait pas les longs déplacements en voiture et à plus forte raison avec un véhicule usagé.

Il partit le mardi 9 juin 1981 vers dix heures en me disant qu'il serait de retour le samedi ou au plus tard le dimanche suivant, soit le 14 juin. Il téléphona à sa mère le lendemain matin, vers dix heures, pour la saluer comme il avait l'habitude de le faire quand il était en déplacement sportif ou au cours de ses rares vacances avec des amis.

Dès ce moment, nous n'avons plus reçu aucune nouvelle de lui.

Nous avons seulement pu vérifier qu'il avait passé la nuit à l'hôtel Astoria de Turin, où le portier se rappelait avoir remarqué sa haute taille, son sérieux et sa bonne éducation. Il avait réglé l'addition et était parti dans la matinée, un peu avant dix heures. Il avait ensuite téléphoné à Trieste à un ami pour l'informer qu'il s'absentait quelques jours et que, pour cette raison, il n'avait pu, comme promis, demander certains renseignements à son frère. En outre, il avait confirmé à cet ami qu'il serait de retour le samedi ou au plus tard le dimanche suivant.

On peut facilement s'imaginer l'état d'inquiétude et d'angoisse dans lequel nous nous trouvions, ma famille et moi-même, en ne le voyant pas rentrer à la date prévue et par la suite en ne recevant plus aucune nouvelle de lui. De plus, le 21 juin, il aurait dû passer son dernier examen, le droit administratif, pour lequel, au dire de ses condisciples, il s'était soigneusement préparé selon son habitude.

Les recherches désespérées

A partir du lundi 15 juin, je commençai toutes les recherches possibles.

Étant donné son caractère, son attachement à la famille, son sérieux, j'eus la conviction immédiate qu'un événement tragique l'avait empêché de rentrer.

Je pus immédiatement établir qu'il avait emporté une somme de trois millions de lires. Il l'avait prélevée de son épargne. Il envisageait probablement l'achat d'une autre voiture d'occasion à Turin. Il n'en avait rien dit avant son départ parce qu'il avait décidé de l'acheter avec ses propres économies. Cette façon d'agir reflétait bien sa discrétion et son caractère autonome. Il s'était comporté de la sorte lors de l'acquisition de son premier véhicule.

Je pus également constater qu'il avait laissé

plus d'argent sur ses livrets d'épargne qu'il n'en avait prélevé.

Nous trouvâmes sa « Dyane 6 » abandonnée près de la gare de Mestre. Je pus vérifier qu'elle avait été garée là le 9 juin, jour de son départ de Trieste, et qu'elle y était restée jusqu'à ce que je l'y retrouve.

Dans un premier temps, refusant d'accepter l'idée de sa mort, bien que la solution semblât tragiquement logique, nous avons eu recours à tous les moyens, plus ou moins réalistes et même complètement absurdes tenant compte du caractère et du tempérament de mon fils. Nous avons enquêté en Italie et à l'étranger, en Europe et hors de l'Europe, dans tous les milieux possibles et imaginables, mais sans résultat positif. En revanche, nous avons pu recueillir les preuves confirmant son assassinat. Le vol de l'argent destiné à l'achat éventuel de la voiture avait été le mobile du meurtre.

Au cours de cette recherche désespérée, j'ai eu l'occasion de rencontrer un prêtre, carme déchaux, qui le premier m'ouvrit à la parapsychologie, domaine vis-à-vis duquel j'étais très ignorant et même très méfiant.

Ayant surmonté, grâce à lui, mon préjugé religieux, je m'informai auprès d'illustres spécialistes en la matière pour me rendre compte de son sérieux et de ses limites. Je fis certaines expériences intéressantes et je lus pas mal d'œuvres qui me permirent de cerner le sujet.

Je fis aussi la connaissance d'un prêtre franciscain vivant dans une ville du Piémont et qui se consacrait à la recherche parapsychologique. Il tenta généreusement de retrouver le corps de mon fils par des moyens paranormaux, mais sans y réussir.

Mon espoir s'amenuisait de recevoir des nouvelles par ce biais, lorsqu'un jour, une cliente que je voyais pour la première fois vint me trouver en mon étude pour une affaire peu importante. Cette dame, qui était au courant de la disparition de mon fils, me suggéra de recourir à une médium de sa connaissance. Je déclinai l'invitation, mais la dame insista en disant qu'il s'agissait d'une personne particulièrement douée, sans esprit de lucre et qui en outre ne désirait nullement que l'on eût connaissance de son don particulier. La dame rapporta aussi que, lorsque cette personne s'était rendu compte de ses possibilités, elle avait pris peur et suspendu toute activité. Ma cliente pensait cependant qu'étant donné la gravité de ma situation, elle consentirait peut-être à exercer à nouveau ses dons.

J'acceptai, d'une part pour ne négliger aucune possibilité de retrouver mon fils, d'autre part pour ne pas donner l'impression d'être insensible à l'obligeance de la dame en question.

Elle téléphona de mon bureau à la médium, que j'appellerai dorénavant Madame Anita. Elle la trouva chez elle, lui exposa mon cas, qu'elle ne connaissait pas, et lui demanda de se mettre en rapport avec moi. La réponse de Madame Anita fut d'abord négative. Alors ma cliente me passa le téléphone afin que je puisse exprimer moi-même la requête. Mes paroles furent tellement convaincantes que Madame Anita accepta. Elle me dit seulement que comme elle éprouvait une certaine crainte concernant ses possibilités médiumniques, elle ne voulait absolument pas que notre rencontre se passe chez elle.

Ainsi avons-nous convenu qu'on se retrouverait chez moi.

Je dois dire que mon épouse s'opposa avec virulence à ce procédé. Elle n'admettait pas d'avoir recours à de telles expériences. Elle préféra ne pas assister à la rencontre. J'acceptai par politesse de rester seul.

Le système employé par Madame Anita est le suivant.

Sans aucun apparat ou mise en scène, avec la plus grande simplicité, quelle que soit l'intensité de la lumière, dans quelque ambiance qu'on se trouve, elle pose la main gauche ouverte dans un plan vertical et un peu surélevée par rapport à une feuille de papier. Elle pose contre la main une pointe feutre ou un quelconque stylo à bille (elle employa même un jour un tube de rouge à lèvres). Le feutre, au lieu de glisser comme il adviendrait à toute autre personne, adhère à la main. Madame Anita affirme en outre percevoir un petit battement.

Elle demande mentalement à son propre père, décédé depuis de nombreuses années, de l'assister. Quand elle a reçu une réponse positive, elle pose des questions sur le cas qui la préoccupe.

Madame Anita n'est pas gauchère ; cependant, elle emploie exclusivement la main gauche lors de ses activités médiumniques. Le feutre, pour donner ses réponses, n'écrit pas de gauche à droite mais bien de haut en bas. Parfois, il avance lentement ; à d'autres moments, au contraire, il accélère tellement que Madame Anita réussit difficilement à le suivre avec la main. Il advient aussi qu'à l'improviste, le feutre au lieu de continuer à écrire, pousse la main à s'éloigner de la ligne et se met à tracer des signes laissant tout le monde surpris. Il en résulte un petit dessin qui sert à mieux éclairer la réponse ou à fournir des détails supplémentaires.

Pendant que la pointe écrit, Madame Anita est

souvent décontractée : elle fume, regarde la télévision, discute de sujets variés avec les personnes présentes.

J'ajoute que, quand elle reçoit les réponses, elle n'en connaît jamais le contenu, soit parce que celles-ci sont écrites de haut en bas, soit parce qu'elle est distraite. C'est seulement à la fin, après avoir retourné la feuille de papier, qu'il est possible de lire la réponse de gauche à droite.

Madame Anita peut écrire de cette façon à n'importe quel moment et dans n'importe quel lieu : elle l'a fait plusieurs fois dans le hall d'un hôtel, dans une auto et à beaucoup d'autres endroits, tant à l'intérieur qu'à l'extérieur.

Elle refuse d'accepter toute compensation pour son activité. Elle ne désire absolument pas être connue. Aussi veut-elle éviter toute publicité et surtout le discrédit qu'elle pourrait retirer d'une occupation aussi étrange.

Madame Anita est très perplexe quant aux résultats qu'elle obtient. Elle reste d'ailleurs ouverte à toutes les interprétations possibles.

Les résultats exceptionnels atteints avec moi ont suscité chez elle un certain intérêt à mieux comprendre le phénomène, mais cela s'arrête là.

Elle est ménagère et possède une culture limitée à l'enseignement primaire. Cette personne, indubitablement intelligente, lit les journaux comme toute dame de son âge et de sa condition. Elle ne s'intéresse pas cependant aux publications se rapportant à la parapsychologie : elle n'a jamais consulté un livre traitant de ce sujet. Tout au plus, parcourt-elle quelques articles de magazine ou suit-elle, à l'occasion, une émission télévisée. En d'autres termes, elle n'est pas passionnée par la question.

J'écris cela pour situer le sujet, et tout être qui y est quelque peu familiarisé pourra apprécier la valeur positive d'une telle situation.

Dès la première rencontre, après avoir posé à son père la question rituelle pour savoir s'il était disposé à l'assister, Madame Anita demanda si mon fils Andrea se trouvait dans l'au-delà, prêt à communiquer. La réponse fut positive.

Nous avons alors commencé à poser des questions sur les circonstances et les causes de son décès, et nous avons reçu des réponses très surprenantes par la précision des données fournies qui mirent clairement les faits en lumière et de façon tellement persuasive que tous les points obscurs furent éclaircis.

Dès le premier échange, je pris la précaution, par réflexe professionnel peut-être ou par inspiration, de tenir régulièrement des procès-verbaux précis, dans lesquels j'indiquais, outre la date et le nom des personnes présentes, les questions exactes et les réponses, y joignant copie de l'original des questions et des réponses données par le feutre.

Très souvent, par sens pratique, j'utilisai un système de questions écrites, afin que Madame Anita puisse écrire la réponse à la suite de chaque question posée.

Plus tard, quand Madame Anita s'installa dans un faubourg de Trieste, je lui envoyai les questions par courrier ou je les lui dictai par téléphone. Ensuite, elle recueillait les réponses en mon absence, très souvent dans les jours suivants, puis me les envoyait. De la sorte, on éludait le soupçon que ma présence puisse influencer l'information de quelque façon que ce soit.

J'ai conservé tous les procès-verbaux, tous les originaux avec les questions et les réponses correspondantes données par le feutre. En outre, pendant plus d'un an, j'ai aussi recopié dans un livre-journal lesdits procès-verbaux dans un ordre chronologique strict, ainsi que les autres données en rapport avec la recherche de mon fils.

Tout cela peut être contrôlé en vue de garantir l'absolue authenticité de ce que j'écris.

Mais il y a plus. Depuis le premier échange, j'eus une idée, que je considère à présent comme particulièrement heureuse. J'envoyai à quelques parents ou amis intéressés les copies des procès-verbaux y annexant les photocopies des feuilles originales avec les questions et leurs réponses données par le feutre. Parmi ceux qui les reçurent dès le premier jour (et les conservèrent fidèlement), figurent un prêtre, un avocat, un général, un dirigeant d'entreprise et, bien entendu, Madame Anita.

Cela constitue une garantie supplémentaire prouvant que la suite de mon récit concorde bien avec les questions posées et les réponses correspondantes fournies par le feutre.

L'intervention de Gigi Rosani

Quelques jours après la première rencontre avec Madame Anita, nous avons eu une autre grande surprise. Je rapporte intégralement le procès-verbal correspondant, étant donné que le fait a une signification particulière qui prouve le caractère exceptionnel et extraordinaire de ces messages.

Voici ce dont il s'agit.

J'avais posé à Andrea une question relative à son séjour à Turin, dont il nous avait entretenus dès le premier échange. La réponse fut la suivante :

« *Excusez-moi, Gigi Rosani veut saluer Maria, Rosanna, Franco, Gianni, Mario. C'est une âme arrivée récemment.* »

Alors je demandai :

« A qui devons-nous nous adresser pour transmettre ce message ? »

Réponse :

« *A ma femme et à mes enfants.* »

Madame Anita demanda alors :

« Qui parle maintenant ? Gigi ? »

Réponse :

« *Oui.* »

Personne parmi nous ne connaissait un Gigi ou Luigi Rosani. Étonnés par la réponse, nous consultons l'annuaire téléphonique. Il s'y trouve plusieurs Rosani mais aucun ne se prénomme Luigi. Ma fille, présente à la rencontre, de même que mon épouse, avait un condisciple nommé Rosani, décédé depuis de nombreuses années, mais il s'appelait Paolo.

Je demande alors :

« L'épouse et les enfants habitent-ils à Trieste ? »

Réponse :

« *Oui.* »

Je demande :

« Où ? »

Réponse :

« *C'est Andrea. Cette âme a fait un énorme effort pour donner ce petit signe. Il est mort depuis peu de jours.* »

J'insiste :

« Andrea, que devons-nous faire pour retrouver les personnes à qui le message est destiné ? »

Réponse :

« *Regardez dans le journal d'aujourd'hui.* »

Ma femme prend le journal « Il Piccolo » de ce jour, que nous avions à la maison, et trouve l'avis mortuaire de *Luigi (Gigi) Rosani.* C'est l'épouse *Maria,* les enfants *Mario, Gianni, Franco et Rosanna* qui annoncent le décès. Nous sommes restés abasourdis : aucun de nous n'avait lu le journal ; Madame Anita non plus ne l'avait ni acheté, ni vu. Nous ne connaissions ni Gigi, ni les membres de sa famille.

Je pus retrouver par l'intermédiaire de l'hôpital la famille de Gigi Rosani et savoir qu'ils étaient d'excellents catholiques. Dans sa jeunesse le défunt avait même eu la vocation sacerdotale.

De même, plus tard, nous avons obtenu des réponses vraiment impressionnantes au sujet de faits qui ne pouvaient absolument pas être connus ni de Madame Anita, ni des personnes présentes et qui par la suite s'avérèrent exacts.

J'en citerai quelques-uns dans les pages qui suivent, les autres étant repris dans les procès-verbaux sous le titre de « documentation » (page 131).

La tache sur « Il Giornale »

Je vous rapporte maintenant un autre fait surprenant.

Mon épouse et moi-même nous nous trouvions après le dîner dans la salle à manger.

Assis à la table, j'expédiais du travail professionnel. En face de moi, installée dans un fauteuil, ma femme tricotait tout en regardant la télévision. Depuis le matin, elle avait feuilleté le « Giornale Nuovo » jusqu'à la dernière page.

Ce soir-là, elle l'avait à nouveau parcouru, puis elle l'avait remis sur le divan. Elle l'avait repris une seconde fois pour lire à la dernière page quelques lettres à l'éditeur, puis elle l'avait déposé à nouveau au même endroit.

Vers vingt-trois heures, au moment d'aller au lit, elle le rouvrit à nouveau. C'est alors qu'elle s'aperçut de la présence d'une grosse tache rouge.

Cette tache se trouvait à la dernière page (celle des lettres à l'éditeur) et s'étendait du bord externe vers le centre, en forme de demi-cercle de quatre centimètres de diamètre. Elle se développait sur les deux faces du journal (qui était plié en deux) vers les pages internes, et diminuait de superficie d'une page à l'autre.

Cette tache avait l'apparence et la couleur du sang frais, mais au toucher elle se révélait parfaitement sèche.

Des années ont passé depuis lors (c'était le 21 juin 1983) et la tache demeure toujours identique : la couleur semble fraîche, le papier ne s'est nullement ondulé; au toucher, il est inaltéré, comme au premier jour.

Ma femme, stupéfiée, attira mon attention sur ce fait inexplicable. Ensemble, nous avons procédé à toutes les vérifications possibles et recherché une cause naturelle à l'étrange tache : une blessure à la main de mon épouse, une pointe feutre posée là par inadvertance ou autre chose encore. Rien. Absolument rien.

Nous avons mis le journal de côté et effectué des contrôles les jours suivants. C'était toujours pareil, même tache, même couleur vive du sang frais.

Nous avons rencontré Madame Anita une semaine plus tard. J'en profitai pour poser à mon fils la question suivante :

« Le soir du mardi 21 juin nous avons trouvé sur "Il Giornale Nuovo" une tache rouge inexplicable. Es-tu au courant de cela et, si tu l'es, quelle est son origine ? »

La réponse fut la suivante : « *Ce n'est pas du vrai sang. C'est un signe que j'ai laissé.* »

Je demande encore :

« Pour nous documenter sur ce signe extraordinaire, devons-nous faire soumettre la tache à des examens et, en ce cas, que devons-nous dire ? »

La réponse fut :

« *Rien, c'est un signe entre nous.* »

Du caractère extraordinaire des entretiens

J'ai cité ces deux derniers épisodes parce qu'ils me semblaient particulièrement significatifs ; pourtant je dois dire que tous les échanges entretenus avec mon fils, échelonnés sur un peu plus de deux ans, sont extraordinaires et constellés de faits très impressionnants.

Qui aura la patience de lire les procès-verbaux de ces entretiens (voir page 133) pourra se rendre compte du caractère étonnant de leur contenu, des nombreuses coïncidences inexplicables, de la concision des réponses, de l'expression correcte, typique au style, à la formation et à la mentalité de mon fils, qui était un garçon cultivé, licencié en droit.

Indubitablement, Madame Anita, qui parle toujours en dialecte de Trieste et uniquement en dialecte, n'est absolument pas capable de s'exprimer de la sorte et d'utiliser des concepts aussi qualifiés et fouillés.

J'attire l'attention aussi sur la différence entre mes questions souvent longues et compliquées — bien qu'elles aient été étudiées et préparées — et les réponses que je reçois, instantanées, toujours plus concises et en outre efficaces et parfaitement en harmonie avec les interrogations.

Le trait fondamental qui a marqué et marque encore ces contacts avec mon fils est en fait le suivant.

A un certain moment, Andrea nous informa spontanément des conditions privilégiées qui étaient les siennes dans l'au-delà. Étant donné les tâches qui lui sont assignées et la possibilité qu'il a de communiquer avec nous, il nous confia être né et mort pour accomplir une « mission » particulière : fournir la preuve de l'existence de l'au-delà afin qu'un grand nombre de personnes puissent croire en Dieu et mieux respecter Sa Loi. Inutile de dire que ce message nous a fortement impressionnés et profondément émus.

Dans le terrible état d'âme qui était le nôtre après la mort de notre fils et dans notre immense et angoissant désir de récupérer son corps, nous avions pensé de prime abord que la preuve de l'authenticité des messages serait venue d'informations permettant d'atteindre cet objectif. Mais les choses prirent une tournure différente de ce que nous espérions. Disons que les premiers messages d'Andrea semblaient confirmer nos espérances, quoique dans l'un d'eux, reçu au moment où nous rencontrions des difficultés pour récupérer son corps, il nous avait admonestés en disant :

« *Tout cela est difficile et pénible, je le sais. Mais pensez à ce que Dieu nous permet d'apprendre au sujet de la vie et de la mort. Tout cela n'est rien en comparaison. Je le sais, ce n'est pas une consolation, mais les grandes et belles choses sont toujours difficiles à atteindre.* »

Une autre fois, devant la perspective que l'on pourrait récupérer le corps et à la question de savoir s'il fallait tout divulguer à la presse, il nous avait répondu :

« La divulgation de cette merveilleuse nouvelle est certainement utile, mais elle doit se faire à la manière divine, afin que tous les sceptiques se remettent à croire et puissent comprendre. »

Ayant demandé ce qu'il entendait par l'expression « à la manière divine », il répondit :

« Ne pas divulguer de façon publicitaire. »

Les recherches du corps

La recherche du corps d'Andrea constituait, en ces premiers temps, notre aspiration principale. Elle se déroula de la façon suivante : grâce aux réponses obtenues par l'intervention de Madame Anita, nous avons pu apprendre que le corps d'Andrea se trouvait à Turin, dans le secteur du parc Valentino, sous terre, et que l'eau coulait au-dessus de lui.

Nous avons alors pris la décision, ma femme et moi, de nous rendre sur les lieux avec Madame Anita.

Cependant, avant de partir, nous avons été informés que quatre radiesthésistes de Milan, avertis de notre histoire par une de leurs connaissances, avaient eux aussi localisé dans le parc Valentino de Turin l'endroit où devait se trouver le corps d'Andrea.

Nous nous sommes mis en rapport avec eux par téléphone et nous avons convenu de nous rencontrer. Nous avons décidé, ma femme et moi, de les rejoindre à Milan dans les premières heures de la matinée et de gagner ensuite Turin avec trois d'entre eux en voiture. Quant à Madame Anita, elle nous retrouverait à Turin avec son mari dans les premières heures de l'après-midi.

Ainsi fut dit, ainsi fut fait.

Les radiesthésistes milanais n'étaient jamais allés à Turin, pas plus que Madame Anita d'ailleurs.

Pendant le voyage de Milan à Turin, ils nous ont affirmé que tous les trois — de même que le quatrième resté à Milan —, indépendamment l'un de l'autre, avaient localisé l'endroit de la sépulture du corps d'Andrea. Il devait se trouver dans le Pô, devant le bourg médiéval du parc Valentino. C'est pourquoi nous avons garé la voiture du côté du Corso Sclopis.

Entré dans le parc, un des radiesthésistes, Monsieur U.M., s'arrêta et annota le point où ses perceptions lui signalaient la présence du corps de mon fils. Les deux autres, partis de deux endroits différents, aboutirent également aux mêmes conclusions. Le corps d'Andrea devait se trouver dans les racines d'un grand arbre proche.

L'après-midi, quand Madame Anita nous eut rejoints, je ne lui indiquai naturellement pas le point désigné par les radiesthésistes. Au contraire, nous avons commencé les recherches à partir du côté opposé, c'est-à-dire du Corso Vittorio.

Nous avons demandé à Andrea si son corps était là. Il nous dirigea plus en avant vers la berge du Pô ; puis, il nous suggéra de tourner à droite vers le bourg médiéval. De temps en temps, nous nous arrêtions pour demander si l'endroit recherché était là et la réponse était toujours :

« *Plus en avant.* »

Nous atteignîmes le point signalé par les radiesthésistes milanais et le dépassâmes un peu. Immédiatement Andrea nous adressa cette indication : « *Un demi-mètre à gauche.* » Nous étions ainsi arrivés exactement au point indiqué par Monsieur U.M.

En guise de vérification complémentaire, nous

avons fait un test : nous avons ouvert une carte topographique de Turin devant Madame Anita sans qu'il lui soit possible de savoir à quel endroit nous nous trouvions. Elle posa le feutre en un point quelconque de la carte et elle demanda à Andrea d'indiquer où se trouvait son corps. Le feutre se déplaça, accomplit un long trajet et s'arrêta à l'endroit exact où nous nous trouvions, c'est-à-dire au point déterminé précédemment.

Le soir, les radiesthésistes retournèrent à Milan.

Le signe du capuchon

Le lendemain, nous avons voulu, ma femme et moi-même, renouveler tous deux l'expérience afin d'être sûrs que les recherches n'avaient pas été influencées par la présence des radiesthésistes.

Nous sommes partis d'un autre endroit du parc et nous avons parcouru un bon bout de chemin. J'ai alors demandé à Andrea de nous indiquer le lieu où il était enseveli. Ainsi fut sa réponse :

« *Je vous ai laissé un signe. J'ai fait tomber le capuchon de la plume.* »

Frappés par cette réponse, nous nous sommes rappelés qu'un des radiesthésistes avait recommandé à Madame Anita de remettre le capuchon du feutre afin qu'il ne sèche pas. Nous avions cessé de poser des questions et nous nous trouvions en face de l'endroit où le corps d'Andrea avait été localisé. Madame Anita avait fait le geste de prendre le capuchon à l'autre bout du feutre, où on l'introduit d'habitude avant d'écrire, mais elle ne l'y avait point trouvé. Il n'était pas non plus dans son sac à main. Nous avions pensé qu'il était perdu.

Bouleversés comme nous l'étions, nous n'avons accordé aucune importance à ce fait et nous sommes retournés au bar. Madame Anita se rappelait parfaitement qu'à la halte précédente, celle devant l'arbuste — c'est-à-dire sur la petite place du château médiéval où se trouve le crucifix —, elle avait remis le capuchon sur le feutre après avoir écrit. En conséquence, il ne pouvait être tombé que devant l'arbuste, quand elle avait sorti le stylo de son sac et en avait enlevé le capuchon pour écrire.

Je demandai alors à Andrea s'il confirmait que le capuchon était tombé près de l'arbuste et la réponse fut : « *Oui.* »

Autres contrôles

Nous avons voulu faire un ultime contrôle.

Je dois d'abord signaler que lors de la deuxième rencontre avec Madame Anita, celle-ci avait demandé à notre fils où se trouvait son corps. Il nous avait répondu :

« *Près du quatrième arbre après le kiosque qui se trouve au milieu du plus grand parc de Turin.* »

C'est pourquoi, lorsque nous nous sommes trouvés en face du kiosque, je lui demandai s'il s'agissait bien de celui auquel il avait fait allusion dans la réponse donnée à Trieste. Il le confirma et je voulus savoir quel était ce quatrième arbre dont il avait parlé.

La réponse fut :

« *Le long du Pô. Pose la plume sur le kiosque, un peu plus bas.* »

Nous avions laissé le plan de Turin à l'hôtel. Cependant, nous avions emporté un croquis du parc Valentino, qu'un ami nous avait envoyé quelques jours auparavant et sur lequel était précisément reproduit le secteur où nous nous trouvions avec le kiosque mentionné par Andrea. Le croquis, toutefois, n'arrivait pas jusqu'à la zone de l'arbuste qui se trouvait en amont du restaurant San Giorgio, mais seulement jusqu'au bâtiment de la Faculté d'Architecture, qui se situe, lui, un peu en aval de ce restaurant.

Madame Anita pointa le feutre entre le kiosque et le Pô. Le feutre descendit jusqu'à la berge du fleuve et alors, suivant sans cesse la berge, poursuivit vers l'amont, alla jusqu'à l'extrémité du croquis, c'est-à-dire jusqu'à la hauteur de la Faculté d'Architecture, poursuivit encore hors du croquis, dessina quatre gros arbres et, aussitôt après le quatrième arbre, dessina un corps humain allongé.

Nous avons vérifié immédiatement sur place. Effectivement, où nous étions, en longeant le Pô, se trouvent quatre gros arbres. Des racines du quatrième, particulièrement imposant, au niveau de la berge, pousse l'arbuste plusieurs fois mentionné comme étant l'endroit où se trouverait le corps d'Andrea.

Arrivés à cet endroit, nous avons recherché le capuchon au point exact où s'était trouvée Madame Anita lorsqu'elle posait les questions, soit au bord de la berge qui descend quasi perpendiculairement vers l'eau. Nous ne l'avons pas trouvé. Je demandai alors à Andrea :

« Pourquoi n'y est-il plus ? »

Réponse :

« *Là, dans l'eau. Vous auriez dû le voir au moment où il est tombé. C'est là que je suis.* »

Les faits exposés jusqu'ici sont indubitablement surprenants.

J'avais toujours affiché beaucoup de scepticisme à l'égard de tels phénomènes. En outre, ma mentalité professionnelle a toujours réclamé des preuves concrètes. Je ne pouvais dès lors me résoudre à publier la chose et à y intéresser les autorités en vue d'obtenir les moyens d'investigation dont elles seules pouvaient disposer.

Je décidai alors de retourner au plus vite sur les lieux, accompagné d'un plongeur privé, afin d'y entamer des recherches.

Je dois ajouter qu'un prêtre, dans le secret de la confession, me suggéra de rechercher le corps de mon fils exactement à l'endroit indiqué par Madame Anita et les radiesthésistes milanais.

Les recherches dans le Pô

Avant de prendre d'autres initiatives, j'ai voulu attendre les résultats du sondage préliminaire entrepris par le plongeur. Je voulais m'assurer que la situation sous l'eau correspondait bien à la description faite par mon fils et que l'enlisement d'un corps de cette taille était possible à cet endroit. J'aurais, bien entendu, averti les autorités si j'avais trouvé quelque chose de concret.

Nous étions à la fin mars; le Pô était en crue et le courant était très rapide. Le plongeur, consulté, demanda à être assisté par un collègue.

Les immersions commencèrent.

Les eaux étaient tellement boueuses qu'elles empêchaient toute visibilité, même à quelques centimètres de distance. De plus, la liberté de mouvement des plongeurs était limitée par le courant, à tel point que, pour ne pas être emportés, ils devaient s'agripper fortement d'une main à une corde prévue à cet effet.

Ils ne disposaient en conséquence que d'une seule main pour effectuer les sondages. En outre, l'utilisation d'un gros gant réduisait la perception du toucher. Ils devaient, dès lors, agir avec beaucoup de prudence.

Cette inspection fit apparaître que l'état de la berge sous le niveau de l'eau, et le fond du fleuve à cet endroit correspondaient exactement à la description de mon fils : les plongeurs rapportèrent l'existence d'un gros amas fangeux, la présence de racines et de beaucoup de vase sur le fond du fleuve (plus d'un mètre, comme nous pûmes le vérifier par la suite).

On pouvait également déduire qu'à partir du pont Isabella, un peu en amont, le courant prenait une direction légèrement oblique et charriait ainsi les alluvions vers cet endroit précis, pour ensuite s'écouler vers l'aval.

Nous avons constaté aussi que seule cette partie de la berge était bordée de gros arbres au lieu d'ouvrages en béton ou autre matériau de construction. Nous pouvions donc considérer comme parfaitement fondée l'hypothèse de la présence de racines sur le fond capables de retenir un corps humain.

Dans ses communications, mon fils avait en effet expliqué que son corps était accroché aux racines d'un arbre et qu'il se trouvait dans la vase.

Des gens du voisinage nous ont raconté par la suite qu'on avait déjà, dans le passé, retiré des cadavres du fleuve en ce même lieu.

D'autres faits, dignes d'être notés, se produisirent et ne manquèrent pas de nous faire méditer.

Alors que les plongeurs étaient dans l'eau, Madame Anita et moi-même attendions dans la voiture. Nous n'étions absolument pas en mesure de voir le rivage du fleuve, ni, à plus forte raison, les plongeurs. A un certain moment, le feutre, de sa propre initiative, c'est-à-dire sans que nous ayons posé la moindre question, écrivit :

« *Ils ne doivent pas me quitter. Ils étaient près de moi. Papa, aide-moi !* »

Je sors de la voiture. Je vais voir sur la berge et je constate qu'effectivement un plongeur était déjà hors de l'eau et que l'autre s'apprêtait à sortir du fleuve une quinzaine de mètres en amont. Lorsque nous étions dans la voiture, nous tournions effectivement le dos à cet endroit. Nous ne pouvions donc le voir.

Nous avons pu nous assurer que les plongeurs se trouvaient effectivement au niveau de l'arbuste au moment où nous patientions dans la voiture et qu'Andrea avait bien signalé qu'ils étaient près de lui.

Après cette opération, nous nous sommes rendu compte qu'il était nécessaire de renouveler plus efficacement cette tentative. Il fallait attendre que le niveau du fleuve ait baissé, que la force du courant diminue et que les eaux soient plus claires et plus transparentes.

Je chargeai en conséquence un de mes amis de surveiller l'état du fleuve et de m'en tenir informé.

La situation s'améliora dans la seconde quinzaine d'avril. Nous avons, dès lors, décidé d'y retourner à l'occasion du jour férié du 1er mai. Nous étions accompagnés des radiesthésistes milanais et de deux plongeurs de leurs amis.

Il y eut par malheur de fortes pluies, surtout en montagne, quelques jours avant notre départ. Mon ami sur place me téléphona pour me prévenir que la situation s'était aggravée. Cependant, forts de nos préparatifs et avec l'impatience qui nous habitait, nous sommes tout de même partis.

Nous avons trouvé le fleuve dans le même état qu'en mars. Nous avons dû en conséquence reporter la tentative à une date ultérieure, lorsque la décrue aurait eu lieu.

Je pris en attendant une initiative insolite.

Les photographies aux rayons infrarouges et les ultrasons

Un de mes clients technicien, un certain A.C., se passionne pour les phénomènes électriques. Il avait déjà fait breveter plusieurs de ses inventions intéressantes. Il était au courant de mes problèmes. Il me certifia qu'il était possible de photographier un corps humain se trouvant dans la vase d'un fleuve et qu'il suffirait pour cela d'utiliser une pellicule à rayons infrarouges.

Je le chargeai donc d'aller à Turin pour effectuer des essais. Je lui remis les pellicules au moment du départ de Trieste. Je les avais personnellement rapportées de la firme « Kodak » de Milan. Dès son arrivée à Turin, il se mit en rapport avec mon ami qui habite cette ville. Ce dernier l'accompagna sur les lieux et l'aida à prendre les photographies. Les négatifs furent immédiatement portés à la succursale de la firme « Kodak » à Cinisello Balsamo près de Milan, où la personne qui en était chargée retira quelques jours après les photographies et me les apporta immédiatement à Turin, où je m'étais rendu à nouveau avec Madame Anita et mon épouse.

Deux pellicules entières avaient été développées. Nous les avons examinées sans délai. Nous avons constaté à notre grande surprise que sur trois d'entre elles apparaissait la forme d'un corps ayant les caractéristiques de celui de mon fils. A noter qu'une de ces photographies prise de la berge le montrait de côté avec la tête tournée dans la direction opposée, une autre réalisée d'une barque vers la berge le révélait la figure dirigée vers le photographe et une troisième, prise de la barque déplacée près de la rive, le montrait vu de haut. En substance, les trois photographies effectuées de trois angles différents étaient exactement complémentaires.

Nous avons alors demandé à Andrea de marquer par l'entremise de Madame Anita l'endroit où était son corps sur les photographies.

Je dois préciser que lors d'un premier examen un des trois clichés ne nous avait rien révélé. En effet, ce premier examen avait été fait à la hâte, en présence de plusieurs personnes, dans une certaine agitation et dans des conditions d'éclairage peu favorables.

Cette photographie est précisément celle où la tête d'Andrea est visible. Par la suite, mon épouse regarda attentivement la photographie dans le calme et découvrit ainsi la forme de la tête.

Nous avons alors soumis à Andrea deux des trois photographies ainsi qu'une troisième où la présence d'un corps ne pouvait que très difficilement être perçue.

Madame Anita plaça alors le feutre sur un point extérieur à la première photo, c'est-à-dire sur le bord blanc. Le feutre se déplaça immédiatement vers l'intérieur, dessinant sur la photo exactement les contours d'un corps.

A la deuxième photo, le feutre resta sur le bord blanc et écrivit : « *non* ».

A la troisième, le feutre descendit une nouvelle fois à l'intérieur de la photo, y dessinant encore une fois la forme d'un corps.

Le contour du corps fut dessiné avec une grande précision par Andrea. En revanche, lorsque j'ai voulu procéder de la sorte sur les copies des mêmes photographies, j'ai éprouvé de réelles difficultés à refaire le même contour. J'ai d'ailleurs dû détruire plusieurs copies car le résultat obtenu était peu satisfaisant.

J'ajoute que lors de la prise de vue, mon ami effectua d'autres recherches au moyen d'un appareil à ultrasons de son invention. On aboutit à la même conclusion : la confirmation de la présence d'un corps au même endroit que celui indiqué par Madame Anita, par les radiesthésistes et par les photographies.

Le sac qui a servi de lest est retrouvé !

Je priai dès lors cet ami de m'accompagner à Turin afin de recommencer les expériences aux ultrasons et repérer de la sorte avec précision l'endroit où se trouvait le corps. En effet, les photographies avaient été prises d'un secteur de plus de dix mètres le long de la berge et dans le fleuve à deux ou trois mètres de distance de la berge. De la sorte, il n'était pas possible de connaître l'endroit exact d'où chacune d'elles avait été tirée.

Sur place, Monsieur A.C. fit fonctionner son appareil, lequel indiqua la présence d'un corps à l'endroit déjà déterminé précédemment par Madame Anita et par les radiesthésistes, soit à une distance d'environ un ou deux mètres de la berge.

Le niveau du fleuve avait baissé notablement et nous avons pu descendre dans l'eau. On s'enfonçait dans une couche de vase épaisse de plus d'un mètre.

Près de la berge, à une trentaine de mètres en amont de l'endroit où était supposé se trouver le corps de mon fils, on découvrit un sac en plastique, contenant une espèce de terreau très lourd comme s'il avait été mélangé avec une matière d'un poids spécifique supérieur (comme du fer ou autre métal). Le sac pesait plus de deux kilos et était noué étroitement ; la bâche formant ce sac s'étirait sur une longueur de cinq mètres et demi et était rassemblée en spirale comme si elle avait été enroulée autour de quelque chose.

Nous avons alors demandé à Andrea :

« G. et C. ont trouvé à une trentaine de mètres en amont du second tronc [1] le sac en plastique qui se trouve ici devant nous. Il contient de la terre et présente un prolongement d'environ cinq ou six mètres. Ils pensent qu'il s'agit du sac qui a servi à lester ton corps et qui se serait dégagé de toi. Est-ce que cette pièce a quelque chose à voir avec toi ? »

La réponse fut la suivante :

« *Ils m'avaient lié dans ce sac et jeté dans le Pô. Ensuite, je suis resté accroché à des branches. Une nuit de forte pluie, le sac a été arraché du corps. Ce dernier, ainsi libéré, fut emporté par le courant jusqu'à l'endroit où il se trouve maintenant.* »

Tout s'emboîtait à merveille : effectivement le sac ne pouvait avoir eu d'autre destination que celle décrite par Andrea.

Les découvertes des sapeurs-pompiers

Les choses étant ce qu'elles étaient, j'estimai disposer de suffisamment d'éléments pour avoir recours aux autorités. En effet, même sans prendre les messages de Madame Anita et les indications des quatre radiesthésistes en considération, il existait des données réellement objectives telles que les trois photographies, les résultats des ultrasons (avec réserves sur l'aspect expérimental) et la découverte du lest présumé.

Je décidai alors de m'adresser aux sapeurs-pompiers pour que le secteur fût exploré. J'exhibai les trois photos, sans plus, en appui à ma requête.

1. Il s'agissait d'un petit tronc près de l'arbuste cité plus haut.

Des sapeurs-pompiers furent mandés sur les lieux avec une barque et sondèrent le fond du fleuve avec des harpons.

Lorsque la barque arriva à l'endroit précis, un des pompiers sentit une certaine résistance. Il força sur le harpon qui se dégagea sans rien remonter de bien intéressant.

Une seconde tentative fut tout aussi négative.

Un troisième essai ramena du fond du fleuve l'étoffe provenant d'une jambe de pantalon déchirée sur toute la longueur de la couture. On pouvait y voir deux accrocs provoqués lors des deux tentatives précédentes. Nous avons contrôlé la longueur : cent seize centimètres et demi. Mon pantalon mesurait cent douze centimètres pour une taille de un mètre quatre-vingt-dix. Or, mon fils mesurait un mètre quatre-vingt-seize. La longueur correspondait donc bien à celle d'un homme de taille exceptionnelle comme Andrea.

Presque au même moment, un autre pompier retira de la vase une chaussette qui mesurait trente centimètres, exactement comme les miennes. Aussi bien mon fils que moi-même chaussions du quarante-sept; une pointure plutôt hors du commun, faut-il le dire? La chaussette était bien du même genre que celles que portait Andrea.

Les pompiers ayant terminé leur service, les recherches furent interrompues mais avec l'intention de les reprendre le lendemain.

La vaine tentative d'assèchement de la zone

J'étais préoccupé par les résultats obtenus. L'utilisation de harpons ne me semblait pas le moyen idéal pour extraire le corps du fleuve sans l'endommager.

Le lendemain matin, je m'adressai aux autorités compétentes pour suspendre ce genre de recherches. Je demandai que, sur la base des résultats positifs déjà obtenus avec les photographies et les découvertes des pompiers, on procédât à l'isolation d'une zone de trois mètres de largeur à partir de la rive. La nappe d'eau ainsi isolée pourrait alors être asséchée de manière à pouvoir examiner le terrain.

Après quelques difficultés bureaucratiques, ma proposition fut acceptée. Fallait-il isoler la zone concernée avec des palplanches en acier ou bien fallait-il construire une petite digue en argile ? La seconde solution fut adoptée.

Une entreprise de construction civile piémontaise se chargea d'exécuter les travaux. L'ouvrage, commencé le lundi, fut terminé le jeudi soir. On assécha d'abord le bassin ainsi formé de sorte que, le vendredi matin, je pourrais en explorer le fond aidé par une équipe d'amis expérimentés.

Nous avons eu malheureusement une surprise désagréable : la petite digue, au lieu d'être en argile, avait été construite avec du gravier et du sable de rivière auxquels on avait ajouté après la construction une certaine quantité d'argile mais seulement sur le flanc amont. Inévitablement, la forte pression du courant sur les flancs de la digue laissait pénétrer de l'eau dans le secteur isolé en quantité telle que des bancs de poissons y entraient aussi et en ressortaient tout bonnement. Les infiltrations ne se limitèrent bientôt plus au flanc exposé au courant mais commencèrent à d'autres endroits. En outre, de l'eau de source en provenance de la terre ferme vint également s'écouler dans le bassin. On décida d'installer des pompes supplémentaires dans l'espace encore disponible. Ces pompes, probablement défectueuses, tombaient sans cesse en panne. Le niveau d'eau montait et descendait, mais jamais il ne fut possible de le faire descendre en dessous d'un certain point.

On pouvait constater, le dimanche et encore plus le lundi, que la digue artificielle s'effondrait de plus en plus rapidement sous la pression du courant. En effet, la digue n'était pas contrebalancée puisque à l'intérieur du bassin le niveau était plus bas. Elle ne tarderait donc pas à être ramenée au niveau de l'eau extérieure et plus rien alors n'empêcherait l'inondation du bassin.

Le désastreux recours à une grue

Les choses en étaient là, quand nous avons eu l'idée de recourir à un moyen désespéré, qui s'avéra catastrophique.

On installa une grue sur place en vue d'extraire la vase du fond du bassin et de la décharger sur la petite digue.

Nous avons commis une grave erreur en agissant de la sorte. En effet, la pelle pénétrait perpendiculairement, à travers la vase, dans le sol constitué de gravier. En conséquence, lorsqu'on soulevait la pelle, le gravier arraché restait au fond de la benne tandis que la vase et l'eau se retrouvaient dans sa partie supérieure. De plus, la pelle se trouvait dans une position tellement oblique à sa sortie de l'eau, que l'eau, la vase et une partie du gravier qu'elle contenait retombaient dans le bassin. On ne déchargeait donc sur la petite digue que du gravier provenant du fond solide et permanent du fleuve où il était exclu de retrouver le corps de mon fils.

Nous ne pouvions, quant à nous, vérifier le contenu de la benne qu'assez superficiellement, toujours dans la précipitation et seulement ce qui était déchargé sur la petite digue. Le corps de mon fils, même désintégré, ne pouvait pas y être retrouvé.

D'autre part, après un séjour d'environ deux ans et demi dans la vase, les os devaient sûrement avoir pris la couleur de celle-ci de sorte que, si quelques morceaux s'étaient trouvés en surface, ils n'auraient pu être identifiés. Il aurait fallu pour cela que le contrôle soit effectué avec la plus grande minutie, ce qui était absolument impossible dans de telles circonstances.

A un certain moment, la benne arracha du fleuve une grosse racine qui était couchée sur le fond, juste à l'endroit indiqué par mon fils et qui, selon ses dires, avait provoqué son enlisement.

L'après-midi était déjà bien avancé. Des quantités d'eau de plus en plus grandes pénétraient dans le bassin par la petite digue, mais aussi par le talus, car la grue avait remué de la terre à la base de la berge naturelle.

J'ai alors demandé à mon fils par l'intermédiaire de Madame Anita qui se trouvait dans la voiture garée non loin de là :

« Ils retirent maintenant la pompe qui se trouve près de l'endroit où on creuse et ils vont essayer de creuser un peu à la place qu'elle occupait. S'ils ne trouvent rien, nous serons contraints et forcés de considérer la tentative de récupérer ton corps comme un échec et d'y mettre un terme. Nous ne savons plus très bien ce qu'il faut faire d'autre. As-tu quelque chose à nous dire ? »

Telle a été la réponse :

« *Je ne peux m'expliquer ce qui s'est passé, mais il est certain qu'au point où l'on est arrivé, je vous conseille de renoncer. Par la suite, dès que je recevrai une indication, nous pourrons avoir l'explication de tout ceci. Excusez-moi, nous nous sommes toujours sentis unis pour atteindre ce but. Ne désespérez pas. Dans le pire des cas, considère cet endroit comme la tombe que tu avais prévu de faire. Sois serein, console maman et souviens-toi toujours que je suis heureux. La seule chose qui compte est que je veux vous voir en paix. Gros baisers. Andrea.* »

Les photographies « non réelles »

Je dois ajouter pour être tout à fait honnête que, peu de temps avant la construction de la petite digue, j'avais fait faire par mon ami le technicien plusieurs centaines d'autres photographies aux rayons infrarouges, dans le but de déterminer avec exactitude l'endroit où se trouvait le corps, car la première fois il n'avait pas noté le lieu exact d'où il avait pris les photos par rapport à son champ d'action.

Aucun corps n'était visible sur toutes ces nouvelles photographies. Elles se limitaient donc toutes à reproduire la surface externe de l'eau et du sol mais pas d'image en profondeur.

Avant de donner l'autorisation de construire la digue permettant d'isoler la zone, le représentant de la magistrature avait reçu de la part des techniciens interpellés des avis tellement négatifs sur la possibilité de photographier aux rayons infrarouges un corps se trouvant dans la vase au-dessous du niveau de l'eau, qu'il avait fait faire des essais par un éminent professeur de l'Université de Turin. Les résultats obtenus furent tout aussi négatifs : seule la surface de l'eau était visible sur les photographies.

Quelques jours avant que ne commencent les recherches, j'avais demandé à Andrea certaines informations concernant les photos et j'avais obtenu cette réponse :

« *Ceci est l'œuvre de la Lumière Infinie. Je t'ai dit que c'est bon d'être son ami.* »

Il avait ensuite ajouté :

« *Ce ne sont pas des photos réelles* », et lorsque je lui demandai ce que cela signifiait, il précisa :

« *Elles ne respectent pas la réalité de l'état de mon corps, mais seulement ma présence.* »

Malgré cette réponse que je considérais pourtant comme exceptionnelle en dépit de mon positivisme et de ma prudence, le résultat négatif des recherches menées dans le Pô avait produit en moi un profond découragement.

La pénible période d'attente

Quoi qu'il en soit, je questionnai mon fils :

« Es-tu à même, maintenant, de pouvoir nous dire pourquoi la tentative de récupérer ton corps a échoué alors qu'il était initialement prévu qu'elle doive réussir certainement ? »

Sa réponse fut :

« *Pour ce qui regarde les choses terrestres, tant d'erreurs ont été commises. Il fallait assécher. Ceci a été la plus grande erreur. Pour ce qui est la promesse de la Lumière Infinie, je n'ai pas encore bien compris, mais je sais que le moment décisif n'était pas arrivé, que d'autres choses et d'autres faits devront te pousser à poursuivre sur la voie qui nous est tracée. Je ne sais rien d'autre pour le moment.* »

Je dois aussi vous dire qu'au cours d'un entretien, j'ai demandé à mon fils s'il était concédé aux âmes de connaître l'avenir. Il répondit que cela était exclu et que les âmes ne pouvaient savoir que ce qui leur était communiqué par la Lumière Infinie, c'est-à-dire « *Dieu, comme vous l'appelez, vous les vivants* », nous avait-il précisé à une autre occasion.

Je l'ai interrogé aussi pour savoir si lors de la prochaine tentative nous aurions l'occasion de trouver son corps. Il avait alors précisé que son corps nous l'avions déjà trouvé et que si, au contraire, il s'agissait de le récupérer, cela aurait été bien difficile.

A ma question de savoir le motif pour lequel nous n'avions pu repêcher son corps lors des recherches décrites ci-dessus, il répondit :

« *Cher papa, je comprends ton état d'âme. Moi aussi, sur le moment, j'ai été déçu; mais vois-tu, moi seul peux comprendre ces choses parce que je fais partie du grand pâturage d'âmes qui suivent la Divine Lumière Infinie. Toutefois, il n'est pas facile de les expliquer à vous les vivants.* »

Il conclut en disant :

« *Maintenant, je suis mis à part et mes frères continuent leur tâche. Regarde la télévision. Alors, au moment opportun, je serai peut-être appelé aussi pour continuer à remplir ma tâche.* »

Je me suis informé pour savoir si des sujets de parapsychologie étaient abordés à la télévision à ce moment, et j'ai appris avec surprise que de tels sujets étaient effectivement traités dans le cadre du programme « Italia Sera » sur la première chaîne. C'était le 2 novembre 1983.

Le lendemain, j'ai demandé à mon fils s'il s'était référé à cette émission.

Voici sa réponse :

« *Oui, celle-là précisément. Ils sollicitent des témoignages et des informations. Les autres frères y ont collaboré et y collaboreront encore. Au stade actuel tes témoignages seraient indispensables : mais je n'ai pas encore d'instructions à ce sujet. Suis-la; tiens-toi au courant. Au moment opportun nous verrons ce qu'il y aura lieu de faire. Baisers. Andrea.* »

Je n'ai pu suivre qu'une émission, parce qu'à

cette heure-là je devais me trouver au bureau pour remplir mes obligations professionnelles. Effectivement au cours de ce programme on a parlé des problèmes de l'au-delà. Les jours suivants, c'est mon épouse qui a voulu regarder, mais on n'y a évoqué l'au-delà qu'une seule fois.

J'ai alors posé la question suivante à Andrea :

« Le 3 novembre, tu nous avais dit de suivre l'émission "Italia Sera" dans laquelle on parlait de communications avec l'au-delà, afin de pouvoir apporter mon témoignage au moment voulu. J'ai en effet assisté le lendemain à l'une de ces émissions et j'ai appris des choses intéressantes. Toutefois, par la suite, ces émissions ont cessé. Nous avons demandé à la RAI si elle avait l'intention de les reprendre. On a répondu à maman que d'habitude on ne revenait pas sur le même sujet. Que devons-nous faire ? »

Il m'a ainsi répondu :

« *Ils traiteront à nouveau du même sujet à la télévision ; si ce n'est pas dans cette émission-là, ce sera dans une autre. Je t'avais signalé celle-là parce qu'ils avaient parlé de deux âmes que j'avais été chargé d'accueillir. Quand il y aura une autre information je te le ferai savoir.* »

Au cours de cette période, j'ai voulu demander conseil à un ami prêtre, que j'avais tenu au courant de mes entretiens avec mon fils depuis le début. Je lui ai d'ailleurs transmis régulièrement tous les procès-verbaux que je rédigeais scrupuleusement.

Ce prêtre, estimant agir dans mon intérêt personnel, m'avait conseillé de suspendre ces entretiens, du moins temporairement, car ils maintenaient toujours vivante en moi la tragédie de la mort de mon fils.

J'ai alors interrogé Andrea :

« Dimanche, au cours d'une conversation avec

M., qui par le passé m'avait toujours encouragé à maintenir mes dialogues avec toi par l'intermédiaire d'Anita afin de récupérer ton corps, il m'a conseillé maintenant de les suspendre et d'attendre que Dieu, s'Il le croit bon, me fasse connaître Sa Volonté d'une manière ou d'une autre. Moi, au contraire, je lui ai dit mon intention de maintenir les contacts avec toi, car non seulement ils me procurent un très grand plaisir, mais encore ils me fournissent les indications nécessaires sur ce qu'il faut faire pour t'aider à remplir ta "mission". Quoi qu'il en soit, nous sommes tombés d'accord pour en reparler dimanche prochain. Que me conseilles-tu ? »

Andrea me répondit :

« *M. comme la plupart des gens, même s'ils sont disposés à croire en ces communications, se sentent bloqués lorsqu'ils doivent marquer leur plein accord, parce qu'ils pensent que nous en souffrons ou que la Lumière Infinie ne permette tout cela pleinement. Mais comme je te l'ai déjà dit une fois, ceux qui peuvent communiquer sont des privilégiés. En fait, plus il y a de contacts, plus la Lumière Infinie est heureuse. Parce que, papa, imagine seulement que le monde entier soit convaincu de l'existence de l'au-delà, on arriverait alors à éliminer les horreurs de la vie, car chacun voudrait élever son âme jusqu'aux plus hauts sommets. Pour cela, continue. C'est aussi un moyen d'atteindre le but fixé.* »

Quelque temps après, je lui ai redemandé s'il n'avait pas quelque communication à me faire au sujet de sa « mission » et il m'a fait savoir à plusieurs reprises qu'« *il n'était pas encore temps* ».

Lorsque plus tard j'ai appris que la RAI avait programmé deux émissions où il était question de parapsychologie, j'ai demandé à Andrea :

« Les émissions de "Blitz" et "Italia Sera" de la semaine dernière sur la parapsychologie sont-elles en relation avec le moment où tu pourras accomplir ta "mission" ? »

Sa réponse a été précise :

« *Tu devras te mettre en rapport avec l'amie Paola.* »

Ni moi, ni Madame Anita, ni aucune des autres personnes présentes n'avions compris à qui il faisait allusion ; je lui ai alors demandé :

« Qui est cette amie Paola ? Où puis-je la trouver ? »

Il répondit :

« *Giovetti, celle qui émet pour "Italia Sera".* »

Nous avons pu ainsi nous assurer de ce qu'elle participait bien à « Italia Sera », comme spécialiste des phénomènes paranormaux.

Lors de l'entretien suivant, j'ai voulu savoir s'il fallait que je m'adresse immédiatement à Madame Giovetti. Il m'a répondu : « *Je dirais qu'il vaudrait mieux attendre ; mais certainement pas très longtemps, peut-être un ou deux mois.* »

Il précisa une autre fois que je devrais tout révéler à Madame Giovetti et qu'il faudrait lui donner tous les procès-verbaux.

Et puis, vint le moment où il me confirma qu'il était temps de m'adresser à Madame Giovetti.

Cependant, je lui exprimai ma volonté de patienter encore pour ne pas porter préjudice à l'enquête judiciaire en cours et il y consentit :

« *Non pour découvrir les coupables* — comme il dit — *mais pour avoir la preuve que mon corps se trouve là.* »

Cette précision était tout à fait conforme à ce qu'il avait dit dès le début. Il nous invitait, en effet, à pardonner à ses assassins comme il leur avait déjà pardonné. C'est pour cela qu'il refusait de fournir les indications qui auraient permis de les découvrir.

Mes hésitations

Après avoir obtenu cette réponse, j'ai laissé s'écouler un peu de temps avant de revenir sur ce sujet.

Je dois préciser qu'en ma qualité de catholique pratiquant, je ne désirais évidemment pas agir le moins du monde en dehors de l'Église. Pourtant, je m'inquiétais de l'orthodoxie de mes entretiens avec mon fils et des répercussions négatives qu'ils pourraient avoir sur les âmes des fidèles. Malgré toutes les preuves obtenues, je me demandais si je faisais bien de persévérer dans cette voie.

A cela j'ajoute que la publication de faits aussi personnels et délicats était résolument en contradiction avec mon caractère et ma formation culturelle. Elle l'était beaucoup plus encore avec mon métier de juriste, porté à raisonner, à discuter et à toujours fonder ses convictions sur des faits positifs et concrets. L'obligation de publier de tels faits était assez pénible à accepter par ma sensibilité, d'ailleurs commune à toute notre famille, y compris notre cher Andrea, qui me porte généralement à la retenue, surtout en ce qui concerne les rapports familiaux ou individuels.

Je me rendais compte, d'autre part, que révéler de telles choses à la connaissance d'une journaliste aurait signifié, inévitablement, les publier avec des commentaires en tout genre, même négatifs, comme cela se produit toujours en pareil cas.

J'ai demandé l'avis de deux personnes amies qui m'ont conseillé d'interrompre mes entretiens avec mon fils. Quant à moi, tout en tenant compte de l'avertissement, je me préoccupais de ne pas me dérober pour collaborer à la grande « mission » à laquelle Andrea disait être appelé. En substance, je désirais suivre l'évolution de la situation sans m'engager personnellement.

Pendant cette même période, un prêtre, spécialiste en parapsychologie, au courant de tous les messages d'Anita, a exprimé le désir de demander à Andrea où il avait trouvé la couleur rouge pour produire la tache rouge sur « Il Giornale ». Avant de lui soumettre cette question, j'ai demandé à Andrea s'il était en mesure de savoir qui était près de moi. Il m'a répondu :

« *C'est un frère qui a beaucoup plus foi que toi en tout cela.* » J'ai voulu ensuite savoir s'il connaissait sa profession. Il a répondu : « *Il sert l'Église.* »

Puis il ajouta :

« *Je te dis que ce signe je vous l'ai envoyé pour éveiller en vous la confiance en tout ceci, un point c'est tout. Maintenant tu me demandes comment ; ce fut l'œuvre de la Lumière Infinie, comme les photos. Personne n'a jamais demandé comment se fait un miracle.* »

Après environ un mois et demi d'incertitudes, j'ai fait demander à Andrea s'il avait quelque instruction à me donner en rapport avec sa « mission ». C'était le 31 juillet 1984.

« *Cher papa, tu le sais mieux que moi qu'il faut avoir la Foi pour obtenir ce que l'on désire. Par conséquent, comment peux-tu convaincre ceux qui ne croient pas si toi aussi tu n'as que peu de foi en tout ceci ? Rappelle-toi que la Lumière Infinie m'a fait une concession importante pour vous donner ces signes. Mais je sens toujours en toi de l'incrédu-*

lité et, il ne faut pas le nier, tu éprouves du remords à communiquer avec moi. Pourquoi demander conseil à des gens qui n'entendent rien à la Lumière Infinie ? La religion, c'est tout différent. »

J'ai alors continué :

« Andrea, as-tu autre chose à me dire ou une suggestion à formuler sur ce que je dois faire ? »

Il fut très clair :

« *Croire en moi et t'adresser à Paola. Papa, il ne faut pas m'en vouloir pour ce que je t'ai dit, mais je désire te voir confiant. Alors peut-être atteindras-tu le but.* »

L'Épître de saint Jean

Quelques jours après, afin de surmonter le problème de conscience religieux déjà évoqué précédemment, j'ai posé à mon fils la question suivante :

« Mon très cher Andrea, je suis certain que tu as conscience du fait que l'Église donne à ses fidèles l'obligation d'être très prudents lorsqu'ils reçoivent des messages de l'au-delà, étant donné qu'ils ne voient pas l'entité avec laquelle ils sont en communication. Tu sais aussi que je désire rester strictement dans les limites fixées par l'Église. A cet égard, je dois tenir compte, par exemple, de ce qu'affirme saint Jean dans une de ses épîtres : "Bien-aimés, ne vous fiez pas à tout esprit, mais éprouvez les esprits pour voir s'ils viennent de Dieu, car beaucoup de faux prophètes sont venus dans le monde. A ceci reconnaissez l'esprit de Dieu : tout esprit qui confesse Jésus-Christ venu dans la chair est de Dieu ; et tout esprit qui ne confesse pas Jésus, n'est pas de Dieu." Je t'en prie de tout mon cœur, dis-moi clairement quel est ton avis sur cette question ? »

Sa réponse fut magnifique et fort édifiante :

« *Sur ce sujet, je peux tout confirmer. En effet, Jésus, c'est-à-dire la Lumière Infinie veut avec un amour infini que toutes ses brebis paissent sur le grand pré parsemé de divines paroles qu'est la Bible.* »

J'insistai :

« Tu confirmes donc que Jésus-Christ est venu de Dieu sur la terre pour prendre chair ? »

« *Oui, je le confirme au nom du Christ.* »

Des proches parents de Madame Anita, adeptes d'une Église évangélique, étaient présents. Ils ne croient pas à la Communion des Saints, mais bien à la possibilité de communiquer avec les défunts.

L'un d'eux demanda alors à Andrea de confirmer les versets 5, 6 et 10 du chapitre IX du livre de l'Ecclésiaste, où l'on peut lire : « 5. En effet, les vivants savent au moins qu'ils mourront ; mais les morts ne savent rien, ils n'ont plus de salaire, puisque leur souvenir est oublié. 6. Leurs amours, leurs haines, leurs jalousies, tout a déjà péri, et ils n'ont plus ni n'auront jamais plus part à tout ce qui se fait sous le soleil. 10. Tout ce que ta main trouve à faire, fais-le tant que tu le peux, car il n'y a ni œuvres, ni comptes, ni savoir, ni sagesse dans le séjour des morts où tu vas. »

Andrea n'hésita pas à répondre :

« *Ces versets sont justes, mais il faut savoir les interpréter. C'est bien vrai qu'ici, il n'existe ni haine, ni jalousie, ni méchanceté et toutes les sensations que vous éprouvez sont des choses terrestres. Notre monde est fait de tout autre chose. Notre amour nous est donné par tout ce qui nous entoure, non seulement pour ceux que nous aimons, mais aussi pour tous les méchants, parce que nous nous imprégnons de l'amour que nous donne la Lumière Infinie.* »

L'autre personne, adepte de la même Église et professant les mêmes opinions que la première, intervint et dit à haute voix : « Au nom du Christ, révèle qui tu es. »

Madame Anita ressentit le besoin de prendre le feutre. Posé sur le papier à la manière habituelle, il écrivit :

« *Andrea, je suis Andrea.* »

Je posai encore une question avant de clore la rencontre :

« Lors de notre entretien du 31 juillet, tu me suggérais à nouveau de prendre contact avec Paola Giovetti. Dois-je le faire immédiatement, malgré le dommage que cela pourrait causer à l'enquête en cours, dois-je attendre comme convenu ou bien as-tu une autre suggestion à me faire ? »

La réponse ne se fit pas attendre :

« *Pour l'instant, envoie les divers procès-verbaux afin que Paola puisse les étudier. Tu peux te fier à elle. Si tu lui demandes d'attendre, elle le fera.* »

Nous étions le 3 août.

Une intervention extraordinaire

Quelques jours après, je partis en vacances avec mon épouse. Elle en avait grand besoin, étant donné son état dépressif.

Je suis revenu à Trieste vers la fin du mois.

Début septembre, nous sommes allés, ma femme et moi, en pèlerinage à l'église de Medjugorje en Bosnie-Herzégovine. Cinq jeunes gens affirment y voir chaque soir une apparition de la Vierge Marie, si bien que cette église est devenue un lieu de grande affluence de fidèles du monde entier. Leur dévotion est extraordinaire.

Naturellement j'étais allé à Medjugorje dans

l'intention de demander à la Vierge Marie la grâce de retrouver le corps d'Andrea et de m'éclairer sur la conduite à adopter en regard de ses messages.

Je n'avais plus rien fait depuis l'entretien du 3 août. De même je n'avais plus interrogé Andrea ni pris contact avec Madame Giovetti.

Je suis rentré à Trieste le 12 septembre vers quinze heures trente, après six jours d'absence.

J'étais à la maison depuis à peine cinq minutes, lorsqu'une certaine Madame I. me téléphona. Elle était très agitée et disait qu'elle avait un urgent besoin de me parler.

Je connais Madame I. que m'avait présentée Madame Anita. Elle avait elle aussi des dons paranormaux, pratiquait l'écriture automatique et avait des visions. C'est pour cette raison qu'elle nous avait accompagnés lors de notre deuxième déplacement à Turin, pour vérifier la situation dans le Pô. Elle désirait en effet nous être utile.

Elle avait alors déclaré à plusieurs reprises qu'elle voyait le corps de mon fils exactement au même endroit où tous les autres l'avaient localisé.

Une année s'était écoulée depuis lors, et je ne l'avais plus revue ni ne lui avais parlé.

Lorsqu'elle me téléphona, très énervée, je pensai qu'il lui était arrivé quelque chose de grave qui nécessitait mon aide professionnelle. Je lui ai fixé rendez-vous en mon étude une demi-heure plus tard.

Elle arriva accompagnée de son mari, que je ne connaissais pas, et me confia qu'elle se trouvait dans une situation qu'elle qualifiait de terrible. Depuis six jours déjà, elle était tourmentée par des appels continus de mon fils (qu'elle n'avait jamais connu) et de ses proches parents défunts. Ils l'invitaient à venir me trouver d'urgence pour me dire de me mettre en rapport immédiatement avec Madame Anita afin de communiquer avec Andrea. Étant donné l'insistance des appels, elle estimait qu'un malheur imminent devait se produire, et qu'il fallait par conséquent que j'en sois averti. Elle voulait dès lors que j'appelle sans tarder Madame Anita.

Ce que je fis, mais personne ne répondit.

En téléphonant à un ami commun, j'ai appris que Madame Anita se trouvait en villégiature, mais qu'elle rentrait cette nuit à Trieste.

J'ai alors promis à Madame I. de joindre Madame Anita dès le lendemain matin. Elle me dit que les voix s'étaient calmées.

Le lendemain, j'ai réussi à parler à Madame Anita et je l'ai informée de ce qui s'était passé. Nous avons décidé que j'irais chez elle dans la soirée lui remettre la question à poser à Andrea de toute urgence.

Ainsi en fut-il fait.

Les stimulations d'Andrea

La question était la suivante :

« Depuis le 3 septembre, Madame I. se sent continuellement sollicitée par toi ou par d'autres, pour qu'elle fasse savoir à l'avocat Lino Sardos, ton père, de me téléphoner immédiatement afin qu'il se mette en rapport avec toi pour recevoir tes messages. Hier mercredi après-midi, elle a parlé à l'avocat Lino Sardos à son retour de Medjugorje. Il m'a mis au courant de tout ceci alors que je rentrais de la montagne. Cela étant dit, peux-tu me confirmer si ces appels proviennent de toi et si oui, qu'as-tu à me dire ? »

Andrea expliqua :

« *Oui, ils proviennent de moi, mais pas comme le suppose I., pour quelque chose qui devrait arri-*

ver. Le moment est venu pour tous de collaborer à notre "mission" et de faire ce qui avait été promis. Moi, malheureusement, je perds tout espoir de faire partie de ce groupe d'élite. Tu es circonspect et méfiant dans tout ceci; c'est ainsi que tu n'es pas prêt à m'aider. Voilà ce que je voulais te dire. Gros baisers. Andrea. »

Ayant eu connaissance de cette réponse, j'ai écrit, en date du 20 septembre, à Madame Giovetti. J'ai adressé la lettre au siège de « La Domenica del Corriere ». Je lui ai exposé mon cas et lui ai demandé une entrevue.

Des jours ont passé sans que je reçoive de réponse. J'ai alors prié Madame Anita de poser à Andrea la question suivante, que je lui ai envoyée par la poste, étant donné qu'elle habite hors de la ville :

« Ton père a écrit à Paola Giovetti depuis plusieurs jours déjà, mais n'a pas encore reçu de réponse. Il demande : est-il encore temps de collaborer à ta "mission" et, en cas de réponse affirmative, que dois-je faire ? »

Andrea a réagi très vite :

« *Mon cher papa, je ne sais si tu feins de ne pas comprendre ou non. Pour ce qui a rapport avec ma "mission" le temps n'y est pour rien. C'est en toi que cela ne va pas bien. Toi, ce que tu veux faire pour moi, tu le fais sans conviction, tu n'es pas sûr de toi, tu es cynique comme ceux que tu devrais convaincre. Toi, le bon disciple de la Lumière Infinie, tu devrais savoir que les miracles ne sont donnés qu'à ceux qui croient fermement et non pour avoir des preuves et pour voir comment cela finira. C'est pour cela que si tu veux persévérer dans cette voie, ne me demande pas conseil. Excuse-moi, mais je dois être sincère. Je t'aime bien. Andrea.* »

J'ai alors demandé à Anita de soumettre à Andrea la question suivante, qu'une fois encore je lui ai envoyée par la poste : « Mon fils bien-aimé, j'ai lu la réponse que tu as faite à Anita le 1er octobre et je dois t'avouer que je n'y comprends plus rien du tout. Jusqu'à présent, tu nous avais dit être chargé d'une "mission" en l'honneur de Dieu, pour laquelle tu étais né et mort et il semblait, qu'à cette fin, j'aurais pu t'être utile, à ma plus grande joie, cela va sans dire. Tu m'as demandé à ce propos de me mettre en rapport avec Paola Giovetti, ce que j'ai cherché à faire et je suis toujours en attente d'une réponse. Je ne vois pas ce que vient faire dans tout cela mon incertitude, du reste bien compréhensible après les résultats négatifs obtenus lors des tentatives de récupération de ton corps, je ne saisis pas qui je devrais convaincre, ni à propos de quoi, ni comment procéder. Et pourquoi mêler ma Foi aux miracles ? Je ne vois pas, surtout, de quelle façon je pourrais être utile à ta "mission", si je ne te demande pas ce que je dois faire, d'autant plus que désormais je ne sais plus en quoi elle consiste, puisque tu l'as dit toi-même, la récupération de ton corps est à tout jamais impossible. C'est pourquoi je te demande : Reste-t-elle valable ton affirmation d'avoir à accomplir sur cette terre une "mission" particulière en l'honneur de Dieu ? En ce cas, puis-je t'être utile et que dois-je faire pour cela ? »

Le 15 octobre 1984, Madame Anita reçut ce message :

« *Mais c'est sûr qu'il y a un rapport entre tout cela, parce que je suis contraint à disposer de toi pour ma "mission" et si toi tu n'es pas certain qu'existe entre nous ce contact merveilleux, tout devient difficile sinon impossible. Tu fais constamment allusion aux résultats négatifs dans la récupération de mon corps ; mais cela aussi est arrivé à cause de votre manque de confiance. Je le sais, pour tous les vivants, cela peut sembler exces-*

sif, inhumain, mais la Lumière Infinie veut mettre à l'épreuve ceux qui devraient être choisis dans ce but, autrement, tout serait trop facile. Papa, si je comprends bien, tu ne sais pas encore en quoi consiste ma "mission" : il faut faire savoir au monde entier qu'il existe un au-delà, parce que c'est seulement grâce à cette conviction que l'Humanité reviendrait à la Foi et vivrait en paix, en l'honneur de la Lumière Infinie. Cette tentative a déjà été faite plusieurs fois, mais toujours en vain. C'est pourquoi ceux qui sont choisis pour cette tâche, comme moi, doivent disposer du maximum de confiance de la part de leurs intermédiaires. Ainsi, mon offre est valable certes, mais c'est toi qui dois croire en moi. Paola ne sait encore rien, elle n'a pas lu ta lettre. Salut papa, ton Andrea. »

Les rapports avec le docteur Giovetti

Le lendemain, j'ai reçu de Madame Paola Giovetti la réponse à ma lettre du 20 septembre : elle était datée du 10 octobre. Le docteur Giovetti y disait n'avoir lu ma missive que la veille, car elle était restée en instance à la rédaction du journal pendant de nombreux jours avant qu'elle ne lui soit remise.

J'ai alors fait parvenir à Madame Anita le message suivant à soumettre à Andrea :

« Mon fils bien-aimé, la réponse que tu as faite le 15 octobre à ma question difficile et complexe et comportant tellement de doutes et de controverses a été pour moi vraiment extraordinaire et éclairante. Pour mener à tes côtés la grande et merveilleuse bataille qu'est ta "mission", je dois être, comme tu le dis, non seulement convaincu moi-même, mais aussi en mesure de convaincre les autres. Pour cette raison, je te demande d'éclairer un point qui me préoccupe. Il s'agit de ceci. Dans ta réponse du 15 octobre tu as dit entre autres : "Paola ne sait encore rien. Elle n'a pas lu ta lettre." Le 16 au matin, j'ai cependant reçu une lettre de Paola Giovetti, datée du 10 octobre, par laquelle elle répond à la mienne qu'elle déclare avoir reçue la veille à Milan. Il est important que tu me donnes une explication sur cette contradiction, d'autant plus qu'elle me sera certainement réclamée lors de ma rencontre avec Paola Giovetti. Qu'en dis-tu ? »

Andrea expliqua :

« *Très cher papa, excuse-moi, mais je ne me rends pas compte que notre façon de voir est très différente de la vôtre. C'est pourquoi je dois avoir la patience de te l'expliquer pour que tu comprennes. Ici le temps n'existe pas. Si parfois je t'ai signalé des heures et des dates, c'est toujours en réponse à tes questions et ces réponses je te les donnais pour éviter les complications et ne pas t'embrouiller les idées. Moi, je ne sais pas à quelle date Paola a reçu ta lettre, mais certainement pas avant que tu n'aies rédigé ta question et, par là, je ne veux pas dire lorsque j'ai répondu à Anita, mais bien le moment où tu l'as conçue, étudiée et écrite. En d'autres termes, quand, au fond de toi, tu réfléchis et cherches à comprendre tout ceci, je suis avec toi et à ce moment précis, je te réponds. Anita est une de mes intermédiaires. Mes réponses je te les donne à travers elle, mais c'est à toi que je m'adresse, papa. Mais tu ne sauras jamais assez tout le bien que tu dois vouloir à Anita. J'espère avoir encore une fois éclairci et chassé tes doutes. Gros baisers. Andrea.* »

J'ai consulté mon agenda sur-le-champ. J'avais commencé à préparer cette question le 2 octobre, je l'avais remaniée le 4 octobre et c'est seulement le 7 octobre que j'avais composé et fait dactylographier le texte définitif à soumettre à Andrea. Madame Giovetti, comme elle-même me l'avait écrit, n'avait lu ma lettre que le 9 octobre. Les faits s'étaient donc déroulés exactement comme l'avait indiqué Andrea.

J'ai téléphoné immédiatement à Madame Giovetti et je me suis rendu chez elle le 11 novembre, accompagné de Madame Anita. Je lui ai fait une synthèse des événements et lui ai confié toute la documentation rassemblée depuis le premier jour.

Les questions du docteur Giovetti

Lors de cette première rencontre, Madame Giovetti posa quelques questions à Andrea par l'intermédiaire de Madame Anita, entre autres celles-ci :

« Je suis très émue de ce premier contact et disponible pour vous aider. De quelle manière puis-je le faire ? »

Andrea :

« *Tu sais à qui t'adresser. J'ai tellement confiance en toi.* »

« Penses-tu que je devrais raconter tout cela dans le journal ? Dois-je y intéresser d'autres personnes ? »

Andrea :

« *Oui certainement. Il faut tout raconter. Toi Paola, tu dois, s'il te plaît, faire connaître à travers toute la presse que l'au-delà existe; et si tu veux t'adresser à des personnes que cela intéresse, fais-le. Tu le peux, n'est-ce pas ?* »

Après cette première rencontre, Madame Giovetti me confirma son vif intérêt et me demanda de soumettre à Andrea quelques questions que je remis à Madame Anita. Les réponses obtenues furent tout à fait satisfaisantes, mais aussi surprenantes.

J'en cite quelques-unes parmi les plus significatives :

Question :

« Qu'éprouve-t-on au moment de la mort ? Comment survient le trépas ? »

Réponse :

« *Je peux te dire ce que j'ai éprouvé personnellement, parce que cela varie d'une mort à l'autre. A cet instant, j'étais bien physiquement, cependant j'étais épouvanté. En fait ma situation était mauvaise, étant à la merci d'individus dangereux. Quand j'ai été tué, je ne m'en suis pas aperçu, mais je voyais la scène de haut et je suivais tous les détails avec détachement, indifférence. Cela a duré un bon moment, jusqu'à ce que mon âme se soit engagée dans le long tunnel.* »

Question :

« Peux-tu dire quelque chose de plus précis au sujet du tunnel qu'on doit traverser ? »

Réponse :

« *L'entrée t'attire parce que tu vois tout au fond une grandiose Lumière qui t'appelle ; mais tu n'arrives pas toujours très vite à dépasser la Lumière. Les plus heureux, comme moi, sont accueillis et accompagnés par des amis ou des parents. D'autres, au contraire, doivent attendre parfois longtemps et cela fait souffrir, parce qu'on sait que par-delà c'est merveilleux et on désire y arriver le plus vite possible.* »

Question :

« Qu'as-tu éprouvé quand tu as compris que tu étais mort ? As-tu rencontré quelqu'un immédiatement pour t'aider, ou bien es-tu resté seul pendant un certain temps ? »

Réponse :

« *Une grande paix, aucun désir de retourner.*

Oui, mon ami Marco est venu tout de suite m'accueillir pour me faire dépasser la grande Lumière. »

Question :

« Dans quelle ambiance l'âme vit-elle ? Est-il possible de la décrire ? »

Réponse :

« *Très belle, tellement belle que c'est indescriptible. Comment peux-tu traduire les sensations ?* »

Jusqu'au moment de la visite à Madame Giovetti, je n'avais absolument aucune idée sur ce qui nous était demandé, à elle comme à moi. Je savais seulement que je devais l'informer de tout et qu'ensuite elle aurait coopéré à la « mission ».

Pourquoi cette idée d'écrire un livre

Après cette rencontre et les réponses reçues d'Andrea à cette occasion, j'ai compris que la bonne manière d'atteindre le but fixé par Andrea pouvait être d'écrire un livre-document dans lequel j'aurais rapporté les faits tels qu'ils s'étaient passés ainsi que le contenu des messages de mon fils. Ces faits et ces messages pourraient ainsi être soumis à l'appréciation de toutes les personnes intéressées par ce problème au lieu de les garder dans mon patrimoine privé et celui de ma famille.

Dans cette éventualité, la jonction de Madame Giovetti, en sa qualité de journaliste et de spécialiste en la matière, serait d'assurer la diffusion de mon cas ainsi que d'autres cas analogues, de sorte que l'opinion publique puisse en prendre connaissance, les évaluer dans leur complexité et en tirer les conséquences voulues. Les allusions répétées de mon fils à l'existence d'autres âmes élues, appelées à la même « mission » de même qu'à la nécessité d'une intégration réciproque, acquerraient, de cette façon, signification et valeur.

De l'importance de la récupération manquée du corps de mon fils

Avant de considérer d'autres aspects, je voudrais apporter une conclusion à l'exposé des motifs de la récupération manquée du corps d'Andrea. Ce fait nous avait beaucoup déçus, mais, par la suite, il s'est révélé providentiel.

J'avais demandé à Andrea, à l'époque de ma rencontre avec Madame Giovetti, s'il avait eu connaissance de ma conversation avec deux personnes et s'il en savait le résultat.

Sa réponse avait été la suivante :

« *La première n'a encore rien fait; la deuxième est favorable. Bravo papa. Baisers. Andrea.* »

J'étais surpris de ce « bravo papa ». Selon moi, il n'avait rien à voir avec la conversation en question, tout à fait occasionnelle et d'importance minime. J'ai alors demandé à Madame Anita qu'à la prochaine occasion elle interroge précisément Andrea : « Mon très cher fils, dans la réponse que tu as donnée à Anita le 20 courant, à la question de savoir si deux magistrats s'étaient intéressés à quelque chose qui te concerne, après m'avoir donné le renseignement demandé, tu as ajouté : "Bravo, papa." Cette expression se rapportait-elle à la question posée ou à quelque chose d'autre et dans ce cas, à quoi ? »

Voici ce qu'il me transmit comme message :

« *A tout ce que tu fais en faveur de ma "mission" et aussi à ce que tu as l'intention de faire; je veux dire le livre. Vois-tu papa comme tout se déroule de façon appropriée. Vous désiriez certainement récupérer mon corps, mais si cela se réalisait, au point où les choses en étaient, tout allait éclater en un grand "boom" publicitaire, pas tellement favorable au but que nous nous étions fixé, mais bien aux médias. Et cela nous ne le voulions pas, ni nous ni vous. Ce qui est important, c'est de faire savoir que l'au-delà existe.* »

A ce moment, l'idée d'écrire un livre n'avait fait qu'effleurer ma pensée et j'étais occupé à la méditer. Quoi qu'il en soit, je n'y avais encore fait aucune allusion lors de mes entretiens avec Andrea.

Cette réponse de mon fils me fit également considérer la récupération manquée de son corps sous un aspect différent.

Comme je l'ai déjà signalé, le contenu de certains messages m'avait permis de déduire que le fait de repêcher le corps de mon fils constituait l'élément central, propre à fournir aux vivants la preuve de l'existence de l'au-delà, but de la « mission » d'Andrea. Il m'avait semblé qu'Andrea aussi partageait mon point de vue.

Lorsque la récupération s'est révélée être un fiasco, une grande déception s'est emparée de moi, ainsi qu'une certaine défiance, même si elle était injustifiée, eu égard à tous les signes et preuves que j'avais obtenus ou en considération des avertissements qu'Andrea m'avait donnés à plusieurs reprises quant aux difficultés que j'aurais à affronter, étant donné l'importance de la « mission ».

Je dois au contraire reconnaître, en y réfléchissant bien, que si lors des tentatives entreprises nous avions pu retrouver son corps, ce que mon fils nous avait annoncé comme sa « mission » aurait fait totalement défaut.

En effet, j'aurais certainement pu dire, au moment de cette récupération, que le lieu m'avait été indiqué par mon fils grâce à l'intervention de Madame Anita. Mais aurais-je pu nier que les radiesthésistes milanais avaient également indiqué cet endroit, et encore, avec une demi-journée d'avance ? De plus, ils auraient été forcément présents lors de cette récupération, puisqu'ils participaient personnellement aux recherches.

En conséquence, face à la presse et à l'opinion publique, le fait qu'Andrea envoyait des messages par l'intermédiaire de Madame Anita serait passé au second plan. Ce fait n'aurait donc pu constituer un élément de preuve de l'existence de l'au-delà. Il aurait pu tout au plus créer une curiosité journalistique pendant quelques jours, comme, autre exemple similaire, les découvertes faites, il y a quelques années, par le professeur Croiset, et nous en serions restés là.

Si le corps de mon fils avait été retrouvé, j'aurais cessé par la suite de m'y intéresser, et je ne me serais sûrement pas occupé à écrire ces pages sur des faits si particuliers dont j'ai été le témoin, aussi bien avant qu'après la récupération manquée, pages destinées à réclamer l'attention de qui voudra bien les lire.

Il n'y a pas de doute, en effet, que c'est seulement à travers les difficultés rencontrées qu'a mûri en moi la décision de rédiger ce témoignage. C'est à travers lui également que j'ai pu m'assurer, grâce aux indications précises, suggestions et encouragements de mon fils, la collaboration de personnes, dont l'aide a permis que son contenu soit divulgué dans un cercle plus large que celui de mes propres amitiés.

Aujourd'hui, je me rends compte du caractère providentiel de cette suite d'événements, laquelle s'est développée au-dessus de mes modestes visions personnelles et plutôt en contraste avec elles, et combien mon fils avait raison quand il me rappelait à la nécessité de les dépasser.

Je voudrais, avant d'en venir aux conclusions, souligner un autre aspect de ces messages.

Dans une de ses réponses, Andrea avait déjà fait allusion aux conditions privilégiées qu'il connaissait et qui lui permettaient d'avoir des contacts avec nous par l'intermédiaire de plusieurs médiums.

Pour être tout à fait précis, je signale que nous n'avons pas seulement reçu des messages d'Andrea de la part de Madame Anita, mais que certains provenaient d'autres sources. Je me suis arrêté uniquement à ceux de Madame Anita, soit parce que j'ai pu les contrôler par moi-même, soit parce que leurs modalités et caractéristiques, exposées ci-dessus, offrent une garantie majeure d'objectivité.

Par conséquent, je me limiterai à citer, tout à fait sommairement, quelques autres sources :

1. Le radiesthésiste U.M. déjà cité est une personne très pieuse et disciple du célèbre père Gino qui vit en odeur de sainteté au sanctuaire de Saint-Victorien près de Tivoli. Non seulement il a indiqué le premier que le corps d'Andrea devait se trouver dans le Pô, mais il a reçu de nombreux messages annonçant la « mission » d'Andrea, à l'instar de ceux reçus par Madame Anita.

2. Une médium de Milan, consultée par un des radiesthésistes, avait eu des communications sur le même sujet.

3. Une certaine Madame G.C., elle aussi fort croyante et vivant dans les environs de Turin dans des conditions très modestes, tant sociales qu'intellectuelles et culturelles, se sent de temps en temps inspirée pour écrire des messages après avoir prié. Elle a déclaré avoir reçu un message d'Andrea. Elle savait de lui qu'il s'agissait d'un

jeune homme qui, comme l'avaient relaté les journaux, était parti de chez lui pour quelques jours de vacances et n'était plus jamais revenu, qu'on ignorait désormais tout de lui et qu'on recherchait son corps. Trois jours après avoir reçu le message, elle reçut la visite occasionnelle et imprévue du radiesthésiste U.M. précité. Ayant appris qu'il me connaissait, elle le mit au courant du message reçu et lui en donna une copie. Il y était dit :

« *Considérez qu'Andrea a été victime d'un martyre, martyrisé par la faute du péché que le Diable a introduit dans le monde, mais considérez-le aussi comme un bienheureux instrument entre les mains de Dieu, pour faire triompher Sa Gloire et pour le salut de nombreuses âmes à sauver. Tous les nombreux disciples de Jésus qui ont eu à accomplir une tâche particulièrement grande et délicate de Salut dans la Foi n'auraient rien sauvé s'ils n'avaient versé leur sang.* »

4. Enfin, récemment un ami et coéquipier d'Andrea au volley-ball, qui ne savait absolument rien des messages reçus par Madame Anita, a demandé, par l'intermédiaire d'un parent médium, si Andrea était dans l'au-delà en compagnie de l'entité avec laquelle le médium se trouvait en contact. La réponse a été la suivante :

« *Il y a longtemps qu'il est mort, de mort violente. Il n'est pas avec nous. Je ne le vois pas parce qu'il est parmi la hiérarchie.* »

Outre ces messages, beaucoup d'autres sont parvenus à diverses personnes.

Chaque fois que j'avais connaissance de faits de ce genre, je recourais à Andrea pour lui demander s'il était informé de ces messages et s'ils étaient authentiques.

La plupart du temps, il répondait qu'ils étaient faux. Dans d'autres cas, il les confirmait partiellement ou affirmait qu'il s'agissait de l'expression des sentiments des personnes elles-mêmes alors qu'elles disaient les avoir reçus.

Quant aux sources que j'ai citées ci-dessus, Andrea en a souligné la véracité.

En ce qui concerne le message reçu par Madame G.C., à ma question de savoir s'il provenait vraiment d'une entité positive inspirée par Dieu ou s'il s'agissait d'une expression suggestive de la médium ou même s'il était inspiré par une entité non approuvée par Dieu, Andrea avait répondu :

« *C'est l'un de mes messages et tous les messages sont approuvés par la Lumière Infinie. Mais tu sais combien j'ai de la chance d'avoir à ma disposition autant d'intermédiaires pour communiquer avec vous. Tant de pauvres âmes n'ont pas cette possibilité. Merci.* »

J'ai également demandé à Andrea s'il était au courant du message reçu par l'intermédiaire de son coéquipier du volley-ball et ce que pouvait bien signifier « *il est parmi la hiérarchie* ». Andrea m'a confirmé l'authenticité de la réponse, mais en précisant que le terme « hiérarchie » n'était pas exact.

En guise de conclusion, je voudrais encore citer un message que j'ai reçu lorsque je me disposais à écrire ces pages. Après qu'Andrea eut répondu aux questions suggérées par Madame Giovetti, je lui ai demandé s'il avait quelque chose à me dire. Il m'a répondu :

« *Je suis près de toi et je te stimule de toutes mes forces. Tu verras, papa, je pense vraiment que tout ira bien. Baisers. Andrea.* »

Andrea Sardos Albertini

Né à Trieste le 29 juillet 1955. Assassiné à Turin le 11 juin 1981.

Le portrait d'Andrea

J'ai exposé jusqu'à présent les événements dont j'ai été le témoin à la suite de la disparition de mon fils Andrea ainsi que les raisons qui m'ont poussé à les publier.

J'estime cependant qu'en vue de mieux apprécier les faits et de les considérer sous une perspective plus juste, il convient également de parler de mon fils, de décrire sa vie terrestre et de rapporter certains faits exceptionnels qui l'ont caractérisée et qui peuvent être considérés comme prémonitoires par rapport à ce qui s'est passé ensuite.

Andrea était mon sixième enfant. Lorsqu'il est né, ma femme et moi avions déjà plus de quarante ans. A cette époque, j'étais engagé intensément dans l'Action catholique. D'emblée, nous avions considéré sa venue comme une grâce, d'autant plus que nous n'espérions plus avoir d'autres enfants. J'avais décidé de l'appeler Andrea après une assemblée des hommes de l'Action catholique, au cours de laquelle l'évêque avait fait un exposé de la vie du Saint.

Un malheur extraordinaire est survenu à Andrea lorsqu'il avait un peu plus de cinq ans.

Une rechute de la rougeole lui avait fait perdre complètement l'audition de l'oreille gauche.

Nous l'avons conduit chez les meilleurs spécialistes de notre ville (le professeur Mario Rusca et le docteur Eugenio Rainis) qui l'ont ausculté avec soin et qui ont constaté que l'audition était complètement éteinte à cette oreille.

Le diagnostic était clair : comme il arrive parfois, quoique assez rarement, le nerf acoustique avait été détruit par le virus de la maladie. La lésion était irréversible, étant donné qu'à la différence des autres cellules, les cellules nerveuses ne peuvent se reformer ou se reproduire.

Nous n'étions pas satisfaits de cette réponse et nous avons recherché d'autres diagnostics. A cette époque, l'illustre professeur Arslan, dont la compétence était réputée dans le monde entier, exerçait à Padoue. Nous avons demandé à être reçus. Il ne pouvait nous fixer un rendez-vous que pour le mois suivant.

Nous étions cependant impatients d'accélérer les choses. Nous avons alors cherché à obtenir un autre rendez-vous avec un autre grand médecin de Padoue, le professeur Oscar Sala. Il examina l'enfant et son diagnostic fut semblable à celui des médecins de Trieste.

Il écrivit un mot en ce sens à l'intention du médecin de Trieste et confirmait ainsi l'irréversibilité de la maladie.

Nous avons présenté notre fils au professeur Arslan à la date fixée. Dans la salle d'attente se trouvaient des personnes venues d'Amérique du Sud et d'autres de pays européens.

Malheureusement, ses conclusions furent identiques. Il confirma que le nerf acoustique ne pouvait se régénérer et, de sa propre initiative, il nous remit une attestation prouvant la nature irréversible de la perte de l'audition, afin qu'Andrea soit exempté du futur service militaire.

J'avais confié ce malheur à l'un de mes clients. Quelque temps après, il me dit avoir parlé de mon fils à un médecin de grande réputation et de compétence incontestable habitant la Toscane, le professeur Ettore Tarani. Il était disposé, vu la rareté du cas, à examiner Andrea. Il voulait surtout vérifier si la cause de la surdité correspondait bien au diagnostic prononcé par les autres médecins.

Nous avons fixé un rendez-vous et nous sommes allés chez lui.

Il consacra une matinée presque entière à ausculter mon fils et fit tous les examens possibles et imaginables. En conclusion, il confirma le diagnostic des autres spécialistes et déclara qu'il n'existait pas d'autre éventualité que celle déjà énoncée : le nerf acoustique avait été détruit par le virus et ne pouvait donc plus se reformer. Il ajouta qu'en toute conscience, il nous invitait à renoncer à montrer notre fils à d'autres médecins, en Italie ou à l'étranger, parce que le résultat ne pourrait varier. Nous devions donc nous rendre à l'évidence.

Ne pouvant que constater l'impuissance de la médecine, nous avons eu recours à Celui qui lui est supérieur, Dieu lui-même.

Nous nous sommes rendus avec l'enfant sur la tombe du père Leopoldo, mort en odeur de sainteté et maintenant béatifié, afin d'obtenir la grâce d'une guérison. Par la suite, nous sommes allés à Lourdes, seuls ma femme et moi, pour ne pas imposer à Andrea, si jeune, les incommodités d'un aussi long voyage.

Nous en avons rapporté de l'eau bénite. Ma femme a commencé à toucher l'oreille d'Andrea avec l'eau bénite au cours de la prière du soir, en demandant à la Sainte Vierge de lui faire passer son mal, la « bua [1] » comme disent chez nous les enfants.

Andrea prit alors l'habitude, chaque soir avant de s'endormir, de s'agenouiller devant la table de nuit sur laquelle se trouvait la statuette de la Vierge de Lourdes contenant l'eau bénite, de faire le signe de la croix et de se toucher l'oreille avec l'eau en demandant à la Sainte Vierge de guérir son « bobo ». Puis, avant de se coucher, il glissait sous l'oreiller la relique du père Leopoldo.

Il faisait ces choses avec un sérieux et une application tellement remarquables, que je m'en inquiétais. Je pensais, en effet, qu'il aurait pu à la longue connaître, en réaction, une crise de la Foi. J'ai conseillé à ma femme, non pas d'empêcher ces dévotions, mais de faire en sorte que, petit à petit, son zèle diminue.

De fait, quand ma femme l'a envoyé passer quelques jours chez ses grands-parents, dans une localité voisine de Trieste, elle n'a pas remis la statuette de la Vierge à son accompagnateur. Le soir même, Andrea s'en est aperçu et le lendemain il a fait téléphoner son grand-père pour demander qu'on la lui envoie. Ma femme y a pourvu dans les jours suivants, mais la statuette ne lui est arrivée que la veille de son départ.

A son retour, sa mère le tenait dans ses bras et lui dit, par erreur, quelques paroles affectueuses à l'oreille malade. Andrea lui répondit, alors que précédemment il n'entendait absolument rien de cette oreille.

Se rendant compte de l'erreur et étonnée de la

1. En français : le bobo.

réaction, elle refit l'expérience. Andrea répliqua pour la seconde fois.

Alors elle s'écria :

« Lino, Andrea entend ! »

Nous avons voulu immédiatement faire un test. Nous avons conduit l'enfant dans un appartement voisin, je l'ai appelé au téléphone ; sa maman lui a mis le combiné sur l'oreille malade. Andrea entendait parfaitement. Nous avons refait l'expérience. Même résultat.

Nous étions tellement ravis que nous avons décidé d'aller immédiatement chez le professeur de Trieste qui l'avait examiné auparavant. Andrea aussi se montrait très heureux de sa guérison.

Le médecin a fait sur-le-champ un audiogramme et démontré que la capacité auditive de l'oreille gauche était identique à celle de l'oreille droite, alors que l'audiogramme précédent révélait que l'oreille gauche était privée d'audition.

Nous sommes retournés chez tous les médecins qui avaient ausculté Andrea. Ils furent tous étonnés et incapables de fournir une explication.

De par mon activité de président de l'Association diocésaine d'Action catholique, j'étais constamment en relation avec mon évêque, Monseigneur Antonio Santin. Je l'avais tenu au courant de la maladie de mon fils et de notre ultime recours à l'intervention de Dieu pour obtenir sa guérison et lui avais demandé de s'unir à nos prières pour invoquer cette grâce.

Je lui ai annoncé la guérison d'Andrea et qu'il était désormais inutile de continuer à prier pour cela. Je lui ai fait voir également toute la documentation.

Alors, à mon insu, de sa propre initiative et de sa main, il écrivit un article dans l'hebdomadaire catholique diocésain « Vita Nuova [1] ». Il y

1. *Vita Nuova :* Vie nouvelle.

raconta la guérison miraculeuse de façon explicite, et évoqua le nom de mon fils.

L'article fut aussi publié intégralement dans le quotidien local « Il Piccolo » du 15 juillet 1961 (voir page 209).

J'ai cité tous ces détails pour que vous vous rendiez compte du sérieux de cet événement.

Je crois utile d'ajouter qu'un très bon ami et collègue, qui était alors président de l'Action catholique des Hommes, ayant appris la guérison d'Andrea, me fit le commentaire suivant : « Puisque Dieu a voulu donner ce signe particulier à ton fils, qui sait quels sont Ses desseins envers lui. »

Ces paroles sont restées gravées à jamais dans mon cœur et m'ont amené à penser que Dieu réservait peut-être à mon fils une vie édifiante au service de son Église.

Une vie exemplaire

Malgré mes convictions catholiques, j'ai toujours été persuadé que le laïcat pouvait constituer une voie possible vers la sanctification. Je méditais également sur le fait que le sacerdoce était la route la plus ardue et qu'elle présentait de grands dangers d'ordre moral. Pour cela, j'ai toujours considéré avec une certaine appréhension l'hypothèse qu'un de mes fils ne choisisse le sacerdoce, préférant pour eux la voie plus facile du laïcat pour atteindre Dieu.

J'ai songé pour cette raison que si j'avais poussé Andrea à prendre part à une vie communautaire fervente, étant donné la guérison miraculeuse qu'il avait obtenue, il aurait pu être porté à des enthousiasmes religieux probablement supérieurs à ses forces.

Je l'ai toujours tenu à distance des associations

catholiques militantes, conduite différente de celle adoptée à l'égard de ses frères. Mais fort évidemment, j'ai veillé à lui donner également un enseignement catholique. Il a toujours été un excellent pratiquant, à l'instar de ses frères d'ailleurs. Il a grandi et il a atteint l'âge auquel il fut assassiné en se comportant toujours de façon exemplaire.

De toute sa vie, je n'ai jamais eu l'occasion de lui faire le moindre reproche.

L'exemple suivant est significatif. Un jour, à l'âge de six ou sept ans, il s'était mis à discuter un peu vivement avec l'un de ses frères. Je suis intervenu sur un ton plutôt calme et gentil en lui disant :

« Andrea, il me semble que tu es un peu nerveux aujourd'hui. »

Rien de plus. Il n'a pas répondu.

Peu après, lorsqu'il sortit de la pièce avec son frère, il lui dit :

« Méchant, tu m'as fait réprimander par papa. »

Ce fut, pour ainsi dire, l'unique remontrance faite à mon fils Andrea de toute sa vie et, à proprement parler, ce n'en était même pas une. Cette petite scène me semble très bien révéler sa sensibilité.

Sur le plan scolaire, il a toujours fait tout son devoir : jamais un échec, jamais un examen de passage, jamais une leçon particulière.

Après ses humanités classiques, il s'est inscrit à la Faculté de Droit.

Ses journées étaient consacrées intégralement à l'étude, au sport et à la famille. Il n'avait jamais participé à un quelconque militantisme politique, ni fait partie d'associations civiles d'aucune nature, hormis celle au sein de laquelle il exerçait son activité sportive. Toutefois, à l'époque du référendum sur le divorce, il avait collaboré avec un comité civique et avait distribué, à l'intérieur de l'école, des tracts contre le divorce.

J'ai cherché à inculquer le sens de l'autodiscipline et des responsabilités à tous mes enfants, et par conséquent, je me suis toujours abstenu d'intervenir dans leurs affaires privées.

C'est peut-être pour cette raison, ou tout simplement parce qu'il avait hérité de la nature de sa mère, qu'Andrea était très réservé.

Dès les premières années passées au lycée, il alternait les études et les activités sportives, surtout le basket-ball, sport dans lequel il se distinguait, autant par son bon développement physique que par sa haute taille (il mesurait un mètre quatre-vingt-seize). Plus tard, il passa du basket au volley-ball, discipline dans laquelle il excella également, jusqu'à parvenir à faire partie d'une équipe de série A nationale. Ce sport lui avait aussi permis de se constituer une épargne grâce à laquelle, à un certain moment, il avait acheté une automobile pour se rendre aux entraînements du soir. Ainsi ne devait-il plus dépendre de ma voiture. Bien sûr, je la lui cédais volontiers, mais hélas ! jamais à des heures fixes.

Une extrême modestie était également un des traits majeurs de son caractère. Il ne désirait nullement recevoir de louanges, mais au contraire, il les esquivait.

Le fait suivant s'avère révélateur. Lorsque à l'Université, il réussissait brillamment un examen, il ne le disait jamais à la maison et souvent je l'apprenais par le professeur lui-même ou par un assistant que je rencontrais au Tribunal. Ils me félicitaient alors chaleureusement pour l'examen d'Andrea.

Il remplissait très scrupuleusement ses tâches. Il était parvenu au dernier examen universitaire, le droit administratif, avec une moyenne des points supérieure à 29 sur 30. Il lui arriva, lors d'un examen, qu'il estimait avoir bien préparé et pour lequel il avait obtenu une cote de 28 sur 30, de refuser la cote et de représenter l'examen en seconde session.

Il était exemplaire dans l'accomplissement de tous ses devoirs et très scrupuleux sur le plan de l'honnêteté. A cet égard, je citerai quelques faits significatifs.

Étant donné mon respect de l'autonomie de mes enfants, je ne l'assaillais pas de questions trop précises au sujet de ses études. Il en profitait pour ne pas me dire quels examens il aurait à affronter et encore moins leur date, de peur que je n'intervienne en sa faveur auprès de son professeur ou de l'assistant, tout en sachant bien qu'en agissant de la sorte, je lui aurais causé un grand déplaisir. Dans cet ordre d'idées, voici ce que des tiers m'ont conté un jour. Lors d'un examen, l'assistant était un jeune professeur, ami de son frère et, de peur d'être favorisé, Andrea avait fait en sorte de passer l'examen quand cet ami était absent.

Une des constantes de toute sa vie fut certainement la correction. Il observait avec soin toutes les normes et règles et était opposé à leur violation.

Sans m'en faire ouvertement le reproche, il désapprouvait par exemple la façon dont je garais ma voiture lorsque, en cas de stationnement difficile, je me mettais en infraction ou en position irrégulière. Lui, il ne le faisait pas et préférait affronter de longues et fatigantes errances.

Encore un point important : avant sa disparition, j'avais coutume, pendant les vacances, de partir en voyage et de prendre beaucoup de photos. Il m'arrivait de ne pas toujours respecter les interdictions de photographier. Andrea désapprouvait ma conduite, sans toutefois m'en faire le reproche. Je me rappelle que l'année précédant sa disparition nous sommes allés ensemble en Grèce sur le Mont Athos. Il y est interdit de filmer, et au débarquement on doit déposer la caméra au poste de police et ne la reprendre qu'au départ.

Mais quand nous sommes descendus dans un port intermédiaire, je suis resté en possession de ma caméra. De là nous avons traversé à pied un très beau paysage pour nous embarquer au petit port suivant. Pendant ce trajet, de magnifiques points de vue se sont présentés à nous et j'aurais éprouvé un énorme plaisir à les filmer. Personne ne nous aurait vus, car nous étions en pleine campagne dans une zone semi-boisée. Je n'ai pas eu le courage de le faire par respect pour la sensibilité d'Andrea.

Une seule chose dans sa vie me préoccupait quelque peu : le fait qu'il n'avait pas encore de fiancée.

Je lui en ai demandé un jour discrètement la raison et il m'a répondu qu'il trouvait beaucoup de filles peu sérieuses. Je lui ai répondu qu'il ne devait pas se montrer trop difficile, qu'il devait prendre soin de l'éducation et du comportement de la famille et je lui ai souhaité de trouver le plus vite possible une compagne pour sa vie.

Il me dit un jour qu'il croyait l'avoir trouvée et me fit part de ses nom et prénom. Je connaissais bien les parents de cette jeune fille. Des gens excellents à tout point de vue. La famille se comportait de façon exemplaire, fréquentait régulièrement l'Église et s'approchait des Sacrements. J'en fus naturellement très heureux. J'avais également entendu dire beaucoup de bien de la jeune personne.

Mais hélas ! Andrea m'a annoncé, après quelque temps, que tout était fini. J'en ai été attristé, mais je ne lui ai pas demandé d'explications.

J'ai eu l'occasion, un peu plus tard, de rencontrer la mère de la jeune fille. Je lui ai dit regretter le fait que nous ne deviendrions ni beau-père ni belle-mère. Elle m'a répondu que sa fille avait quitté Andrea parce qu'il était trop sérieux, alors qu'elle, à peine âgée de vingt ans, désirait prendre part à des fêtes, des excursions et autres divertissements avant de s'engager.

Je dois dire que le fait qu'Andrea soit resté célibataire alors que ses frères ont été mariés à son âge peut être considéré comme une grâce du Seigneur. En effet, après ce qui est arrivé, d'autres grandes souffrances ont ainsi été évitées.

Après la disparition d'Andrea, j'ai senti la nécessité et le devoir d'en savoir le plus possible sur sa vie passée, sur ses amitiés et sur son comportement. Je n'ai entendu que des louanges exceptionnelles sur tous les aspects de son existence, que j'aie interrogé moi-même les personnes ou qu'elles aient été questionnées par des tiers, y compris par la police. Cela a beaucoup contribué à aggraver en moi la douleur causée par sa mort. Tous ses compagnons ont souligné combien il était amical et serein, bon et généreux, mais aussi capable de rétablir la paix lors des dissensions et rivalités qui survenaient souvent dans le milieu sportif qu'il fréquentait. A telle enseigne qu'ils le considéraient tous comme un excellent diplomate. Andrea se tenait toujours au-dessus de la mêlée. Même quand des scissions, des renvois et de fortes discordes se produisaient dans l'équipe, il parvenait toujours à rester en bons termes avec tout le monde.

Son entraîneur, un fonctionnaire qualifié de la Sûreté publique, a ajouté qu'en présence d'Andrea il perdait toute propension à utiliser des expressions inconvenantes, non parce que Andrea protestait, mais parce qu'il se rendait compte que cela lui aurait déplu. Et quand parfois une telle expression lui échappait, il faisait des excuses et Andrea gentiment et humblement les éludait. Il se rappelait aussi que de toute sa carrière d'entraîneur, Andrea était le seul joueur qu'il avait vu, lors des déplacements, emporter ses livres pour étudier pendant les heures libres. Parfois, il lui arrivait aussi, après le match, d'aller visiter un musée.

A entendre tant de louanges et de déclarations d'estime, je tiens à redire que mon cœur se serrait de plus en plus, en pensant à ce que j'avais perdu.

Sa sensibilité à l'égard de son prochain était également très profonde.

Il n'approuvait pas, par exemple, que ma femme tout comme moi n'acceptions jamais de prendre en voiture des auto-stoppeurs inconnus, par crainte de dangers éventuels.

Il nous faisait observer, de sa façon réservée et soumise, qu'il valait mieux courir un certain risque que de ne pas aider son prochain.

Lorsque les propagandistes de sectes religieuses non catholiques se présentaient à la porte pour remettre leurs publications, ma femme leur répliquait plutôt abruptement qu'elle n'en avait que faire. Andrea faisait alors remarquer, toujours avec la même douceur et la même déférence, qu'à son avis ces personnes croyaient faire honnêtement leur devoir et qu'il y avait lieu de les traiter avec plus d'égards.

Je me suis fait violence pour publier ce portrait d'Andrea, sachant bien que cela ne lui serait pas agréable, car en contradiction absolue avec sa modestie coutumière. J'ai pensé que le fait de connaître sa personnalité et sa vie pourrait aider à mieux apprécier ses messages, rendre plus évidente la possibilité qu'ils proviennent de lui, de l'au-delà et accréditer l'hypothèse qu'il était effectivement né et mort pour accomplir une « mission » en l'honneur de Dieu.

Il me semble, en particulier, que l'événement miraculeux dont il a été le protagoniste dans sa prime jeunesse puisse être considéré comme un *signe* de la divine Providence.

J'oserai dire, dans cette optique, que le fait de disparaître de façon aussi étrange et improvisée sans laisser de traces acquiert une signification singulière et rend ainsi possibles tous les événements que j'expose à présent et qui ont conduit à la situation actuelle. On peut aussi penser que sa naissance tardive, quand nous ne l'espérions plus, revêt également un sens particulier. De même l'annonce qu'il nous a faite dans ses messages, d'être né et mort pour accomplir une « mission » en l'honneur de Dieu, ne peut manquer de nous interpeller.

CONCLUSION

Considérations et observations

Pour terminer, j'estime opportun d'exposer quelques considérations et réflexions d'ordre général. Elles me sont venues à l'esprit lorsque je faisais l'évaluation globale des faits avant de prendre la décision de les publier.

Considérations générales sur la parapsychologie

Il me semblait que pour pouvoir apprécier correctement les messages reçus ces dernières années de la part de mon fils, je devais avant tout tenter de me faire une opinion sur les phénomènes parapsychologiques en général et ensuite sur les caractéristiques de ceux qui me concernaient en particulier.

Jusqu'à la disparition d'Andrea et ma rencontre avec le père carmélite dont j'ai parlé précédemment, j'étais absolument ignorant de ce genre de choses. Je savais tout au plus qu'elles existaient. Je dirai même plus, j'avais à leur égard une appréciation négative et des préjugés très fortement enracinés.

L'intérêt d'approfondir la question ne s'est

éveillé en moi qu'à la suite des événements décrits ci-dessus.

Sur la base des connaissances acquises à ce jour, je crois pouvoir émettre les considérations suivantes qui, je le précise, sont tout à fait personnelles.

A mon avis, bon nombre de ces phénomènes sont simplement l'effet de forces physiques inconnues. Rentrent dans cette catégorie la table qui se soulève et les observations de lévitation en général, le métal qui se plie par la force de la pensée, le tableau tournant sur lui-même, les objets qui passent à travers le mur, la matérialisation d'objets variés et ainsi de suite.

Même l'apparition de fantômes entiers ou partiels me semble rentrer dans cette catégorie.

Jusqu'à présent cependant, nous ne connaissons pas la loi physique qui provoque ces phénomènes et nous ne savons pas non plus comment il est possible de la mettre en action.

La croyance populaire ancienne est que ces forces physiques, inconnues des hommes, sont mises en œuvre par des êtres non vivants, plus puissants que nous.

Bien que cette hypothèse ne puisse évidemment pas être exclue, on peut imaginer qu'un homme soit capable de produire de telles forces, à condition bien entendu d'y être prédisposé.

Dans certains cas, comme plier le métal, on doit considérer que cette hypothèse est pratiquement démontrée. Dans d'autres cas, elle l'est de manière moins évidente. Et parfois, elle semble extrêmement difficile à appliquer.

Il existe cependant une autre catégorie de phénomènes qui me semblent sortir de ce contexte : il s'agit de manifestations paranormales qui se révèlent intelligentes.

Quand le phénomène, en effet, présuppose un

raisonnement, l'expression d'un concept, une constatation, une réponse découlant logiquement d'une question, la formulation d'idées plus ou moins profondes, cela ne peut sûrement pas être l'effet d'une simple force physique, mais le produit d'une intelligence de type humain.

Selon moi, on peut inclure dans cette catégorie le cas de l'ouvrier qui, sans avoir jamais fait de la peinture, se met devant une palette et, sans savoir ce qu'il peindra, finit par composer un sujet qui lui est étranger ainsi qu'à sa culture.

A mon sens, le cas de Madame Anita appartient également à cette catégorie. Confrontée à des questions variées et souvent difficiles, elle reçoit des réponses qui toujours sont le résultat d'un raisonnement, sont en rapport avec la question posée de manière parfaitement cohérente et logique et contiennent des expressions extrêmement subtiles et pénétrantes, qui souvent surprennent.

Si, évidemment, on exclut les cas de pure simulation dans un but de lucre ou par désir de publicité, cette seconde catégorie de phénomènes peut également être d'origine humaine, en ce sens que ces faits peuvent émaner de l'inconscient du médium. Les informations peuvent aussi être captées télépathiquement par le médium chez les personnes présentes.

Pareille hypothèse est cependant difficilement acceptable dans certains cas, sinon bel et bien impossible. De nombreux chercheurs admettent en effet que les réponses reçues par le médium peuvent être la manifestation d'entités autres que lui-même et en particulier les âmes des défunts.

D'un point de vue catholique, le phénomène est à considérer comme tout à fait possible. En effet, le dogme catholique affirme avant tout le principe fondamental de l'Immortalité de l'âme survivant au corps et celui de la Communion des Saints, à savoir l'existence de rapports spirituels entre l'Église militante — nous vivant sur la terre — et nos défunts qui font partie de l'Église triomphante ou de l'Église souffrante.

C'est dans le cadre d'une telle certitude dogmatique que nous prions en faveur de nos défunts (Église souffrante) ou que nous leur demandons, s'ils sont déjà élus, ainsi qu'aux Saints (Église triomphante) l'aide pour notre vie tant matérielle que spirituelle.

Les catholiques croient également à l'efficacité de la prière, si bien entendu elle est faite avec Foi, si elle est assidue, fervente et dédiée au bien de leurs âmes ou de celles du prochain. C'est pourquoi il n'y a rien d'étrange à ce que Dieu, destinataire suprême de chaque prière, puisse les accueillir de manière particulière et exceptionnelle.

La possibilité existe aussi, selon le dogmatisme catholique, que les forces négatives, constituées par les Anges rebelles à Dieu, puissent entrer en contact avec les hommes pendant leur vie terrestre.

On trouve également dans la Bible et dans l'histoire de l'Église de nombreuses références analogues d'interventions dans la vie humaine de bons esprits, les Anges, qui dans des circonstances particulières sont apparus aux hommes pour leur donner des conseils ou leur faire des communications. Les exemples sont tellement connus qu'il ne me semble pas nécessaire de les citer.

Il est donc parfaitement fondé, du point de vue de l'orthodoxie catholique, d'admettre la possibilité que des contacts puissent s'établir entre un défunt et des vivants, spécialement si de tels contacts s'insèrent en un plan divin.

Après ces quelques considérations préliminaires à caractère général, j'ai essayé de situer et d'apprécier le cas de Madame Anita, à propos duquel il me semble qu'on puisse faire les remarques suivantes :

1. En faveur de l'hypothèse de réponses provenant de son inconscient on peut penser que Madame Anita est indubitablement une personne intelligente. Par conséquent, les réponses elles aussi intelligentes qu'elle reçoit sont, du moins en partie, au niveau de ses capacités intellectuelles. Elles pourraient donc être conçues par elle, inconsciemment, même si elle n'en connaît *certainement* pas le contenu et très souvent ne l'imagine même pas avant d'avoir lu les réponses dès que leur rédaction est achevée.

2. Au contraire, les considérations suivantes tendent à exclure l'hypothèse que les réponses de Madame Anita soient le fruit de sa pensée inconsciente :

a) Madame Anita utilise la main gauche pour écrire les messages, alors qu'elle est droitière ; elle la tient de façon peu naturelle, ouverte en position verticale. La plume se meut d'elle-même à un rythme variable, indépendamment de la volonté de l'intéressée et parfois elle improvise des dessins tout à fait inattendus et surprenants.

b) Madame Anita ignore complètement la teneur de la réponse. Quand celle-ci est terminée, elle tourne la feuille de façon à pouvoir la lire horizontalement.

c) Les expressions et les termes utilisés dans les réponses, le style, la syntaxe, sont totalement étrangers au patrimoine linguistique et culturel de Madame Anita. Dans sa vie quotidienne, en effet, elle ne s'exprime qu'en dialecte de Trieste et jamais en langue italienne.

d) Dans les réponses, il est souvent fait référence à des événements qu'il ne lui est pas possible de connaître ou de contrôler. Ces faits se révèlent, par la suite, conformes à la réalité. En d'autres cas, le contenu de la réponse dépasse complètement le niveau de connaissances ainsi que les possibilités imaginatives de Madame Anita. Nombre de ces faits ont déjà été exposés précédemment. Je rappelle, à titre d'exemple — comme étant sûrement étrangère à l'inconscient de Madame Anita et de toutes les personnes présentes —, l'intervention de Gigi Rosani, qui envoya son salut à son épouse et à ses enfants, Mario, Gianni, Franco et Rosanna, et la suggestion d'Andrea de regarder dans le journal où nous avons trouvé un avis mortuaire exactement identique au message reçu. Ces personnes nous étaient, je le répète, parfaitement inconnues.

Quelques autres faits qui ne concernent pas les réponses reçues par Madame Anita et qui, donc, n'ont rien à voir avec son inconscient et son influence en général, constituent une confirmation du caractère extraordinaire de ces événements, à savoir la présence d'une entité qui déclare être mon fils Andrea.

Je récapitule les épisodes :

1. L'apparition inexplicable sur « Il Giornale » du 21 juin 1983 de la tache rouge, couleur de sang, demeurée vive et tout à fait inaltérée et que, dans sa réponse du 28 juin 1983, Andrea nous a indiquée comme un signe donné par lui.

2. Les trois photographies reproduisant un corps humain au fond du Pô, signalées dans les réponses reçues par Anita comme des « photographies non réelles » mais voulues par la Lumière Infinie pour nous orienter.

3. Il faut également prendre en considération les sensations particulières éprouvées par

Madame I. pendant mon pèlerinage au sanctuaire de Medjugorje en Yougoslavie et son pressant appel, dès mon retour, afin de me mettre en rapport avec mon fils par l'intermédiaire de Madame Anita à un moment où je m'étais abstenu de tout contact avec lui. De plus j'étais dans une période où je n'étais pas certain de vouloir reprendre ces « échanges ».

Provenance des messages

Ayant donc admis, d'un point de vue religieux, la possibilité d'une communication voulue par Dieu entre les vivants et les esprits dans l'au-delà, je me suis également efforcé d'examiner si de tels messages pouvaient provenir d'entités négatives avec l'intention d'égarer.

A cette fin, je me suis référé à ce qu'en dit la Bible. Elle nous indique clairement qu'il est possible pour les vivants d'entrer en relation « avec les esprits » et nous livre la façon de distinguer si les esprits viennent ou non de Dieu.

Étant donné l'importance que ce sujet revêt à mes yeux, j'ai questionné mon fils à propos des versets 1 à 6 du chapitre IV de la 1re Épître de saint Jean, où il est dit : « Tout esprit qui confesse Jésus-Christ venu dans la chair est de Dieu. »

Je crois opportun de redire la toute belle réponse faite par Andrea. Non seulement il déclare : « *Oui, je le confirme au nom du Christ* », mais il ajoute : « *Je peux tout confirmer sur ce sujet. En effet, Jésus, c'est-à-dire la Lumière Infinie, veut avec un amour infini que toutes ses brebis paissent sur le grand pré parsemé de divines paroles qu'est la Bible.* »

Faut-il, en outre, rappeler de quelle façon l'ensemble des messages reçus de la part de mon fils, en particulier ceux qui concernent sa « mission » et la collaboration qui m'est demandée sont inspirés en l'honneur de Dieu et dans le but d'accomplir sa volonté ?

A noter également cette autre précision d'Andrea quant à notre utilisation du mot *Dieu.* Ce mot correspond pour lui à l'expression *Lumière Infinie* qu'il utilise le plus souvent. Cette expression ne coïncide-t-elle pas avec de nombreux passages de l'Évangile, où il est dit, par exemple :

« *Il (Jésus) est la Lumière qui illumine tout homme qui vient dans ce monde* » (saint Jean) ? Et Jésus n'a-t-il pas dit de lui-même :

« *Je suis la Lumière du Monde* » ?

Considérant toujours l'hypothèse que les messages reçus par Anita proviennent d'une entité intelligente, autre qu'elle-même, j'ai pensé qu'un moyen efficace pour vérifier, du point de vue religieux, s'ils émanent d'entités positives ou négatives pourrait être le suivant : évaluer les messages sur la base de leur contenu et se demander s'ils engagent à honorer Dieu ou bien à s'éloigner de Lui.

Il me paraît évident que, si l'on examine ces messages de telle sorte, le résultat ne peut être que positif. Toutes les « communications » en effet administrent la preuve et de sa volonté de respecter la loi divine et de son désir d'encourager les vivants à honorer Dieu toujours davantage.

Considérations pratiques

J'aurais donc été gravement coupable envers ma conscience si je n'avais pas répondu à l'appel de mon fils et fait connaître ces événements aux hommes, afin qu'ils se rapprochent de Dieu toujours plus. Ces faits tendent en effet à démontrer la survivance de l'âme au corps et s'opposent aux conceptions matérialistes aujourd'hui largement répandues.

A ce propos, j'ai émis une dernière réflexion de caractère pratique, que je me permets de vous soumettre pour ce qu'elle vaut.

Je me suis posé la question suivante :

Est-il possible que la divine Providence ait attendu jusqu'à maintenant pour donner aux hommes des preuves plus manifestes de la survivance de l'âme ?

Nous devons reconnaître avant tout qu'il ne nous appartient certainement pas, à nous pauvres mortels, de juger où et quand la divine Providence devrait réaliser ses desseins envers l'humanité.

A bien y réfléchir cependant, dans ce cas spécifique, on peut discerner une raison pour laquelle il paraît nécessaire, actuellement, de réaffirmer la vérité fondamentale, du point de vue religieux, qu'est la survivance de l'âme au corps.

Il est incontestable, en effet, que la négation de la survivance de l'âme au corps constitue l'argument fondamental le plus radical pour rejeter tout l'ensemble de normes sur lequel repose notre religion, comme toutes les autres, du reste.

Je crois aussi qu'on peut affirmer que, dans les siècles passés, la croyance en la survivance de l'âme au corps était quasi générale alors que dans les temps présents, avec l'affermissement des conceptions positivistes, cette croyance est mise en doute par des couches de plus en plus larges de l'opinion. Une telle conception négative tend d'ailleurs à se répandre toujours plus intensément par la diffusion des concepts matérialistes.

Le combat à mener contre de telles idées qui

excluent la survivance de l'âme ne s'est jamais révélé aussi opportun qu'à l'heure actuelle, ainsi que la nécessité de fournir des preuves que cette survivance est là et bien là et qu'existe également le surnaturel — c'est-à-dire Dieu.

Dès lors, il me paraît fondé, pour qui ressent le devoir de servir Dieu de façon altruiste — donc missionnaire — de porter à la connaissance du prochain les éléments propres à nourrir sa méditation sur l'existence effective d'un au-delà, où les âmes sont jugées selon leurs actions.

Comme une hirondelle ne fait pas le printemps, il est tout naturel qu'un seul épisode — comme celui des messages de mon fils — ne soit pas suffisant pour déterminer une large orientation de l'opinion publique.

Il ne faut toutefois pas oublier qu'il est fait allusion, de façon répétée dans ces messages, à d'autres épisodes qui seront l'œuvre d'âmes choisies et prédestinées, et qui poursuivront le même but.

Je crois en conséquence pouvoir conclure sereinement que l'invitation qui m'est faite par le truchement des « communications » reçues par Madame Anita de porter celles-ci à la connaissance de l'opinion publique est sûrement une chose positive. En conscience, je dois donc l'accueillir et mener mon action dans l'intention et l'espoir qu'un tel savoir puisse convaincre des hommes — ne fût-ce même qu'un seul — à se rapprocher de Dieu.

Les dangers à éviter

Cela est sûrement valable d'un point de vue subjectif, mais je me suis demandé si le danger n'existe pas, d'un point de vue objectif — c'est-à-dire indépendant de ma bonne volonté — que la publication de ces pages ne puisse causer certains dommages.

J'ai pensé qu'il pourrait arriver à certaines personnes, encouragées par mes expériences, par la conviction qu'un au-delà existe et qu'il est possible de communiquer avec ses propres défunts, de s'adonner à des tentatives de ce genre en ayant recours à des personnes inaptes ou non sincères. Il pourrait aussi arriver que des messages proviennent bien de l'au-delà, mais d'esprits négatifs.

En particulier, si je me réfère aux observations déjà faites précédemment, les dangers peuvent être les suivants :

a) Dans le cas où les messages ne proviennent pas de l'au-delà mais du médium lui-même.

Les messages peuvent alors être le fruit de la mauvaise foi ou même d'une simulation du médium, dans le but d'en retirer des avantages publicitaires ou autres, ou peut-être dans le pur désir de nuire.

Les messages peuvent cependant provenir du médium en toute bonne foi. Ces messages sont alors inspirés, même inconsciemment, par ses propres sentiments, visions ou conceptions.

On va donc au-devant de très graves dangers, non seulement matériels, mais spirituels et religieux lorsqu'on a recours à un médium pour des messages de cette sorte et qu'on y ajoute foi.

b) Dans le cas où les messages sont inspirés par des entités existant dans l'au-delà.

Dans ce cas, les dommages matériels, spirituels et religieux risquent d'être plus importants encore. La personne qui les reçoit, en effet, n'est certainement pas en mesure de savoir à quelles entités elle a affaire, même si elles se présentent sous un certain nom. Car nous savons par l'enseignement traditionnel de l'Église que des esprits malins ou diaboliques opèrent dans le monde dans l'intention de détourner les gens du droit chemin.

Dans le milieu de la parapsychologie, on parle à ce propos d'« esprits farceurs », c'est-à-dire d'entités qui s'interposent et fournissent des réponses trompeuses.

Ce domaine est particulièrement insidieux. On ne doit donc l'aborder qu'avec une extrême prudence, bien préparé et aidé par un guide spirituel compétent.

Les précautions suggérées par Andrea

Soucieux de ce problème, j'ai posé à Andrea la question suivante avant de conclure ces pages :

« De très nombreuses personnes, ayant des facultés médiumniques ou feignant d'en avoir, déclarent communiquer avec les âmes des défunts et on peut présumer que leur nombre augmentera encore si nous publions tes messages. Pour que les âmes des vivants ne soient pas induites en erreur par de faux médiums, des entités négatives ou même diaboliques ou encore par ce qu'on nomme des "esprits farceurs", je te demande : quels critères faut-il observer pour être certains qu'il s'agit de messages provenant vraiment de l'au-delà et d'entités qui se comportent selon la volonté de Dieu, plutôt que d'émaner des médiums eux-mêmes ou d'entités négatives ou encore de ces "esprits farceurs" ? »

Voici la réponse qu'il m'adressa :

« *Les entités négatives ne peuvent entrer que si l'on n'a pas un bon esprit guidant et si l'intermédiaire utilise ses facultés à des fins mauvaises. Les "esprits farceurs" se manifestent lorsqu'on pose des questions du genre : chances qu'on a de gagner au jeu ou dates de décès. Quoi qu'il en soit, tout dépend de la façon dont sont posées les questions : à question sérieuse, réponse sérieuse, à question faite par jeu, réponse burlesque. Il n'est pas facile pour vous d'identifier les faux médiums. C'est pour cela qu'il nous est permis de donner des preuves comme celles que je vous ai données. Il ne faut, en outre, jamais croire ceux qui font cela dans un but lucratif comme s'il s'agissait d'un marché. Compris ? Gros baisers d'Andrea.* »

Cette réponse me semble correcte et apporte quelques éléments importants :

1. Par le seul fait qu'un médium agisse « dans un but lucratif », c'est-à-dire lorsqu'il demande, accepte ou obtient pour son activité une quelconque compensation (qui peut être économique, mais aussi morale), il faut l'écarter immédiatement.

2. Il est difficile pour nous les vivants d'identifier les faux médiums. C'est pour cela que l'homme, et en particulier le chrétien qui a la chance et la grâce de pouvoir bénéficier de la protection de l'Église catholique, doit toujours agir avec l'assistance de l'Église elle-même et de ses ministres compétents.

3. Des esprits négatifs, de même que les « esprits farceurs », peuvent s'insérer dans des communications de ce genre. Le contenu des messages, questions et réponses, constitue un critère général valable pour en faire l'évaluation. Il est dit en effet dans le texte cité : « *A question sérieuse, réponse sérieuse, à question faite par jeu, réponse burlesque.* » Les messages doivent donc être jugés d'après leur contenu et en se plaçant avant tout d'un point de vue religieux.

4. La réponse d'Andrea fournit enfin un élément décisif qui permet de certifier que les messages proviennent bien de l'au-delà et dépendent

de la volonté de Dieu. Cet élément constitue même un peu le nœud du problème. Il est dit en effet : « *Les faux médiums, il ne vous est pas facile de les identifier. C'est pour cela qu'il nous est permis de donner des preuves comme celles que je vous ai données.* »

J'estime donc qu'il est de mon devoir en publiant ces pages d'attirer l'attention des lecteurs sur ces aspects et de les inviter à tenir compte des dangers inhérents à cette phénoménologie et à se conformer aux conseils que pourraient leur prodiguer leurs directeurs spirituels.

Je désire également insister sur le fait que *même si l'on a une raison valable de croire que les messages sont inspirés,* non par le médium lui-même, mais *par des entités positives dans l'au-delà,* il reste toujours nécessaire de bien contrôler leur contenu et de ne pas l'accepter intégralement comme de l'argent comptant, car il peut être altéré par divers facteurs dérivant de l'inconscient du médium ou par l'intervention d'entités fourvoyantes.

Je peux me référer au cas suivant à l'appui de l'hypothèse sur l'intervention d'esprits étrangers. Déjà lors de la deuxième rencontre avec Madame Anita le 24 février 1983 (la première ayant eu lieu le 17 février 1983), son père, qui l'assistait au cours des entretiens comme « esprit-guide », avait avisé sa fille de ce que les réponses reçues lors de l'entrevue précédente n'étaient pas toutes d'Andrea, parce qu'à un certain moment « xe vegnudo Angelo », c'est-à-dire « Angelo est venu » (le père de Madame Anita s'exprime toujours en dialecte de Trieste).

Il m'est même permis de penser que cet épisode, survenu justement au début de nos entretiens, ait été un avertissement préliminaire, dont il faut tenir compte pour apprécier correctement toutes les expériences consécutives.

Je puis également ajouter que lors de nos recherches dans le Pô, Andrea nous avait fait savoir que, pour un certain temps, il n'avait pas été présent et que d'autres entités étaient intervenues.

Je rappelle également avoir reçu de mon fils des indications particulières évoquant la possibilité que les messages provenaient en partie d'une entité et en partie du médium lui-même.

Je fais allusion à certaines « communications » transmises à d'autres médiums et présumées provenir d'Andrea. J'en avais eu connaissance et je les avais soumises à Andrea lui-même par l'intermédiaire de Madame Anita. Il avait répondu que certaines parties venaient bien de lui, mais que, en revanche, il récusait les autres parties. Il disait, de celles-ci, qu'il s'agissait de sentiments propres au médium et que, par conséquent, elles lui étaient totalement étrangères.

Le seul critère concret et pratique d'acceptabilité est donc que le contenu du message soit, sur le plan religieux et moral, en concordance avec les principes de l'Église catholique.

Considérations finales

Du point de vue de la « mission » que mon fils est appelé à accomplir — elle consiste à démontrer l'existence de l'au-delà — il est à remarquer qu'en substance il n'est même pas important de s'assurer jusqu'à quel point les messages proviennent de Dieu ou d'entités inspirées par Lui ou si, au contraire, ils émanent d'entités négatives ou même diaboliques. Les messages prouvent, en effet, dans les deux cas, qu'il n'existe pas *que* de la matière et qu'en conséquence l'homme cesse avec elle, selon l'enseignement des théories matérialistes en vogue. Ils prouvent, au contraire, qu'au-delà de la matière existent des entités spirituelles qui s'inspirent de Dieu ou qui peut-être le combattent.

Même si cela semble un peu paradoxal, constater l'existence d'entités malignes a pratiquement la même valeur que de constater l'existence d'entités bénignes, quand il s'agit de démontrer qu'il existe, outre la matière, des entités spirituelles qui honorent ou combattent Dieu. Leur existence quelle qu'elle soit confirme dans les deux cas qu'on ne saurait nier le surnaturel.

C'est en fait le seul et unique problème important. Il est le but du présent ouvrage. Mon fils l'a d'ailleurs toujours considéré comme la « mission » pour laquelle il était né et mort. Il l'a exprimé en ces termes :

« *Il faut faire savoir au monde entier que l'au-delà existe, parce que si l'Humanité en était convaincue, elle pourrait recommencer à croire et à vivre en paix en l'honneur de la Lumière Infinie.* »

Trieste, le 18 janvier 1985.

APPENDICE

Il m'a semblé opportun de rassembler dans ce chapitre quelques réponses reçues et quelques faits qui se sont produits après avoir terminé la rédaction du présent volume. Ils m'ont paru, en tout cas, assez significatifs pour les intégrer à l'ouvrage lui-même.

Les critiques d'Andrea au sujet du livre

J'avais à peine terminé la partie descriptive et elle se trouvait encore sous forme de manuscrit. Je ne l'avais encore montré à personne, ni à ma femme ni à un quelconque membre de ma famille. Ma secrétaire ne l'avait pas vu non plus, bien qu'elle aurait plus tard la charge de le dactylographier, et encore moins Madame Anita puisque celle-ci habite dans une localité de la périphérie de Trieste.

Je lui téléphonai pour la prier de demander à mon fils s'il approuvait la présentation du livre. Il dit d'abord que l'ouvrage était très bien conçu, puis il ajouta :

« *Excuse-moi, papa, était-il vraiment nécessaire d'inclure dans le chapitre qui me concerne tous ces*

éloges au sujet de mes études et de ma moralité ? »
Il continua :

« *C'est le seul point qui ne me plaît pas et je pense qu'il n'intéressera pas le lecteur. Pour le reste, bravo. Merci mon papa.* »

Je dois préciser que Madame Anita ne savait pas comment s'organisait l'ouvrage, ni que j'en avais consacré une partie à un portrait d'Andrea. Elle ignorait donc, à plus forte raison, ce que j'avais dit de lui.

Le lecteur aura pu se rendre compte, à la lecture des pages précédentes, de l'humilité naturelle de mon fils et qu'il n'aurait pas apprécié que je lui adresse des louanges en public. Cela confirme encore la parfaite cohérence entre les réponses reçues et le caractère de mon cher Andrea.

Entre Crispino et Saturnino [1]

Le livre étant achevé, je me renseignai en vue de sa publication, lorsqu'on me demanda de participer à une série d'émissions consacrées à la parapsychologie, programmée par la première chaîne de la RAI.

J'ai accepté parce que le contenu des messages rendait évidente la nécessité de les soumettre à l'opinion publique. Sur ces entrefaites, j'ai chargé Madame Anita de poser la question suivante à Andrea :

« Mon très cher fils, je me trouve dans un état de grande incertitude. Je ne sais s'il faut faire en sorte que la mise en vente du livre coïncide avec l'émission télévisée ou bien s'il faut la retarder jusqu'à l'automne prochain, de telle sorte qu'on parle de tes messages à des moments différents.

1. En français : Crépin et Saturnin.

Je pourrais ainsi continuer à polir l'ouvrage et à régler les détails de sa diffusion. Qu'en penses-tu ? »

Il me répondit :

« *Oui papa. Si le livre paraît en automne, cela correspondra peut-être avec un autre fait analogue à celui-ci. Je te demande seulement de ne pas te créer de problèmes ni de te mettre en état d'anxiété. Car, d'une manière ou d'une autre, cela se fera, tout sera fait selon ce qui était fixé. Tu es un instrument*[1] *de la Lumière Infinie. Je t'aime bien, Andrea.* »

J'ai continué à questionner :

« Tu me disais, dans ta dernière réponse, que ton livre s'accorderait avec un autre fait analogue. Considères-tu que ce serait un bien ou un inconvénient ? Dans le second cas, ne serait-il pas préférable de le publier dans les premiers jours d'octobre afin de prendre les devants ? »

Telle fut sa réponse :

« *Certainement que ce serait un bien. Plus il y a de témoignages sur l'au-delà, mieux c'est. La période favorable devrait se situer entre Crispino et Saturnino. Baisers, Andrea.* »

Madame Anita et moi-même sommes restés confondus par cette réponse. Je pensais, en vérité, qu'il se référait aux astres ; je songeais à Saturne, mais, pour autant que je sache, aucune planète ne s'appelle « Saturnino » et encore moins « Crispino ».

J'ai alors demandé à Madame Anita de l'interroger sur ce point : « Mon très cher fils, je te remercie de tout cœur pour ta récente réponse. Mais je t'en prie, explique-moi ce que signifie "entre Crépin et Saturnin", étant donné que ces deux noms ne me disent strictement rien ? »

1. En italien : « pedina » signifie précisément pion.

Sa réponse ne se fit pas attendre :

« *Tu as raison, excuse-moi : fin octobre, fin novembre. Vois le calendrier.* »

Effectivement, sur mon agenda je découvre : 25 octobre : Saint Crépin ; 29 novembre : Saint Saturnin.

Je certifie d'une façon absolue que ni Madame Anita ni moi-même, tout comme la majorité des Italiens d'ailleurs, ne savions qu'on fêtait fin octobre la saint Crépin et fin novembre la saint Saturnin.

De telles réponses démontrent bien que l'entité intelligente qui fait se mouvoir le feutre est totalement *étrangère à la médium.*

Je considère par là même que cela constitue également un de ces signes qui, comme mon fils avait dit dans de précédents messages, sont consentis aux vivants par la Lumière Infinie pour qu'ils puissent se rendre compte de la vérité et de l'authenticité de ces communications extraordinaires.

D'extraordinaires coïncidences

Il me semble utile également de noter le fait suivant. Il est significatif parce qu'il démontre que ces messages présupposent, de la part de leur auteur, la connaissance de situations qui nous sont inconnues, aussi bien à Madame Anita qu'à moi-même. Voici ce dont il s'agit.

Je rappelle d'abord que l'invitation de mon fils à me mettre en rapport avec Madame Paola Giovetti, qui m'était alors complètement inconnue, remonte à janvier 1984. Ma première rencontre avec Madame Giovetti date, elle, de novembre 1984. C'est seulement vers la mi-juin 1985 que j'ai eu, par hasard, l'occasion d'acquérir le livre intitulé « Parapsychologie et Survivance », ouvrage d'auteurs divers édité par Paola Giovetti pour « Mediterranee » au cours des derniers mois de 1984. J'ai pu ainsi me rendre compte que Paola Giovetti y avait rassemblé et coordonné les essais d'experts des différents secteurs de la parapsychologie, dans le but d'aborder le thème de la survivance de l'âme à la mort corporelle, à travers différents champs d'investigation. J'ai compris que mon fils, dans le cadre de sa « mission », m'avait adressé, précisément, à celle qui, spécialiste en parapsychologie, poursuivait le même but que le sien, entre autres par la publication de ce volume. Et la parution de ce livre avait eu lieu une dizaine de mois après l'invitation de mon fils à m'adresser à elle, mais avant que je n'aie établi aucun contact.

Le message de l'émission à la RAI-TV

Un grand nombre de personnes m'ont demandé de leur faire connaître le texte intégral du message reçu par Madame Anita lors de l'émission de la 1re chaîne de la RAI-TV, à laquelle nous avions participé. La séquence, en effet, ne rapportait que partiellement le message, car elle avait été interrompue alors que la réception du message par Madame Anita n'était pas terminée.

J'estime qu'il est juste d'informer toutes les personnes intéressées, tant pour répondre au désir légitime des téléspectateurs que pour l'intérêt intrinsèque du message lui-même.

La question posée par l'intermédiaire de Madame Anita était la suivante :

« Ton père te demande si tu as quelque chose à lui dire ou à dire au public. »

Andrea répondit :

« *Papa, excuse-moi, mais je dois m'adresser aux autres, spécialement aux sourds qui ne veulent pas entendre : qui sèmera le mal, récoltera le mal, qui sèmera le bien récoltera le bien.* »

Vint ensuite le dessin et la signature d'Andrea.

Aussitôt l'émission terminée, j'ai fait demander par Madame Anita ce que signifiait ce dessin. En voici la traduction :

« *Papa, comme tu l'as vu le temps était limité. Le dessin représente l'œil de Celui qui sait et voit tout, la Lumière Infinie. Andrea.* »

Ce message me semble très bien convenir à la situation. Il est envoyé à tout le public, aussi bien dans la salle que devant le petit écran. Il focalise l'attention de tous, mais spécialement des « distants » sur le jugement que Dieu porte sur leur conduite, jugement qu'il faut considérer comme une conséquence logique de cette conduite et non sous l'aspect punitif.

Le cas de Madame Anita

Le succès considérable obtenu par les détails caractéristiques de l'activité de Madame Anita me semble devoir être signalé : elle a, en effet, été choisie par la RAI-TV pour faire la démonstration de sa façon particulière de recevoir les messages de l'au-delà. Ce système est effectivement très différent de tout ce qui se pratique dans le domaine de l'écriture automatique.

Il faut souligner que sa participation à l'émission n'allait pas à l'encontre de sa volonté, à savoir ne retirer aucun avantage ou notoriété de son activité. Elle a, en effet, posé la condition de conserver son anonymat et demandé à être filmée de dos de façon à ne pas être reconnue.

J'attire l'attention sur le fait que les personnes

qui ont adopté une attitude critique à l'égard de cette émission télévisée ont fait observer que les faits paranormaux ne sont crédibles que s'ils sont susceptibles d'être reproduits dans les conditions de laboratoire.

De telles critiques ne sont toutefois pas absolument applicables à l'activité de Madame Anita. L'émission télévisée a démontré, en effet, qu'elle est en mesure de fournir au vu de tous la preuve de son action paranormale. Elle est prête à le faire également devant n'importe quel jury scientifique et à se soumettre à tout contrôle, à la condition que les questions soient posées à mon fils, dans le cadre de sa « mission », et qu'elle puisse conserver son anonymat envers le public.

Mise en garde à l'encontre des expériences médiumniques

J'estime indispensable de rapporter ici quelques éléments supplémentaires et un fait grave qui prouvent que les communications médiumniques constituent un sujet très délicat et qu'il est nécessaire de prendre les plus grandes précautions à leur égard.

Il faut savoir qu'en prévision de mon intervention à la télévision, j'avais demandé quelques conseils à Andrea sur la façon de me comporter au cours de l'émission, face à d'éventuelles questions du public. Il m'a donné deux indications de base. Elles me semblent tellement intéressantes que je vous les livre :

a) Nous ne devions appeler que lui-même lorsque le public se mettrait à interroger, afin d'éviter que cela ne devienne l'habituelle réunion spirite.

b) Il n'aurait pu se manifester, s'il s'agissait de vivants ou d'âmes qu'il ne connaissait pas.

En d'autres termes, ces affirmations fixent deux limites à ses interventions : il a la possibilité de donner des réponses uniquement dans le cadre de la « mission » particulière qui lui est confiée et il est exclu qu'une telle possibilité soit utilisée à d'autres fins.

Le fait relaté ci-dessous est très significatif et peut être considéré comme un sérieux avertissement.

Une dame de la province de Trévise, après avoir vu à la télévision le système employé par Madame Anita pour recevoir les messages, a essayé pendant plusieurs jours d'obtenir, elle aussi, un résultat analogue par l'écriture automatique.

Après diverses tentatives caractérisées par des résultats tout à fait partiels et confus, elle a invoqué sa belle-mère avec laquelle, pendant sa vie, elle avait eu des rapports de profonde hostilité. Elle a formulé certaines questions provocatrices au sujet de l'héritage et elle a commencé à manifester des signes étranges comme si elle était possédée par des esprits malins. Ce comportement s'est étendu également à ses deux filles, âgées de vingt et quinze ans. Le feutre, entre autres, lui restait collé à la main et on devait employer la force pour le détacher. Mais immédiatement la dame sentait qu'une force irrésistible la poussait à le reprendre. Toutes les tentatives pour ramener au calme la mère et ses deux filles furent infructueuses, si bien que des parents téléphonèrent à la RAI pour demander conseil. On les adressa au docteur Giovanni Mongiovi de Trieste. Ils l'appelèrent immédiatement au téléphone. Il se rendit à Trévise et diagnostiqua dès le premier abord qu'il ne s'agissait pas d'une crise d'hystérie ou de névrose, mais bien d'un cas de possession par des forces malignes. Il conseilla d'abord d'éloigner les filles de la maison pour éviter que les forces négatives ne s'y concentrent. Il suggéra également d'avoir recours à un prêtre.

L'aînée des deux filles téléphona quelques jours après au docteur Mongiovi pour demander à être reçue à Trieste. Le médecin et son assistante furent frappés par son aspect impressionnant de laideur.

Le médecin l'installa à l'écart dans une pièce, en attendant de l'examiner. Convaincu qu'elle était possédée par des forces négatives, il lui donna à boire de l'eau additionnée de quelques gouttes d'eau bénite. Cette eau provenait de la célèbre localité de Medjugorje en Yougoslavie, où depuis quatre ans quelques jeunes gens affirment voir la Vierge chaque jour.

A peine eut-elle avalé ce breuvage qu'elle commença à piquer une crise de colère, à se contorsionner de manière invraisemblable, à hurler d'une voix humaine tandis que du sang giclait de sa bouche, de son nez et de ses oreilles. Sa langue, en outre, lui sortait de la bouche et pendait si bas qu'elle atteignait presque le haut de la poitrine.

Lorsque enfin elle se calma, elle tomba dans un profond sommeil. A son réveil, elle était redevenue belle et douce d'aspect.

Tout cela m'a été rapporté textuellement par le docteur Mongiovi, auquel j'ai soumis cette description des faits pour approbation.

Ledit médecin raconta, en sus, que quelques jours après cet épisode, des parents lui avaient amené les deux filles dans un lieu de villégiature où il passait le week-end. A cette occasion, il avait à nouveau assisté à une autre scène terrifiante.

Les jeunes filles étaient logées dans le même hôtel que le médecin, en prévision de se rendre le lendemain matin chez un prêtre d'Oderzo pour demander conseil.

Avant de se mettre au lit, le médecin avait soigneusement fermé la fenêtre et la porte à clef. Les deux jeunes filles dormaient au même étage dans la chambre en face de la sienne.

Vers deux heures du matin, le médecin fut réveillé par des cris et vit, peu après, la fenêtre qu'il avait pourtant bien fermée s'ouvrir et se fermer toute seule. Puis ce fut au tour des portes de l'armoire et le tiroir se mit aussi à sortir et à rentrer.

Les filles hurlaient comme des possédées dans leur chambre, si fort que presque tous les pensionnaires de l'hôtel quittèrent leurs chambres épouvantés. A la demande de l'hôtelier et des autres pensionnaires, le médecin dut reconduire les jeunes filles chez elles, à trois heures trente du matin, à quelques dizaines de kilomètres de là.

J'ai voulu — je le répète — relater cet événement parce qu'il confirme mes précédentes affirmations selon lesquelles ce sujet doit être considéré comme extrêmement délicat.

J'insiste tout particulièrement sur le message de mon fils où il est question que des signes spéciaux soient permis et donnés, lorsqu'il s'agit de communications voulues par la Lumière Infinie elle-même, comme tel est bien le cas pour celles d'Andrea.

Le terrifiant épisode ci-dessus peut être considéré comme une coïncidence opportune ou même comme un avertissement intentionnel, afin que les lecteurs de ce livre ne soient pas tentés, eux aussi, de vouloir invoquer des entités qu'ils ne peuvent ni connaître ni contrôler.

Le fait qu'un médecin de Trieste, que de plus je connais personnellement, ait été concerné par un incident survenu dans la province de Trévise, m'a permis d'en être informé et d'en faire ici la description. N'est-ce pas là un fait significatif?

D'autre part, le docteur Mongiovi pense de façon certaine que les trois femmes étaient possédées par des entités négatives. Cela ne confirme-t-il pas, encore une fois, que notre monde n'est pas seulement constitué par de la matière, mais aussi par des entités spirituelles? Celles-ci peuvent venir de Dieu, mais également du Démon. Saint Jean l'affirme d'ailleurs dans les versets 1 à 4 du chapitre IV de sa première Épître, déjà citée ci-dessus : « *Bien-aimés, ne vous fiez pas à tout esprit, mais éprouvez les esprits pour voir s'ils viennent de Dieu, car beaucoup de faux prophètes sont venus dans le monde.* »

Les explications d'Andrea

Je dois reconnaître qu'à la lecture des procès-verbaux, certaines réponses d'Andrea m'avaient semblé contradictoires.

Je les lui ai soumises dans le but d'obtenir des explications et de rendre ces communications plus claires, non seulement pour moi, mais aussi pour les lecteurs chez lesquels pourraient surgir les mêmes interrogations.

Voici les points que je tendais à contester :

A l'issue des premières recherches effectuées dans le Pô au matin du 29 mars 1983, après m'avoir dit que les plongeurs étaient près de lui et qu'ils ne devaient pas le quitter, Andrea ajouta : « *Papa, aide-moi.* » Je me suis demandé avant tout la raison de cette invocation. En effet, elle me semblait contraster avec ses affirmations précédentes selon lesquelles la récupération de son corps n'avait guère d'importance pour lui, et que s'il se préoccupait de nous le faire retrouver c'était uniquement parce que nous le désirions ardemment.

J'ai alors posé la question à Andrea. Il s'exprima fort clairement :

« *Cher papa, j'invoquais ton aide pour adoucir votre douleur de ne pas retrouver mon corps. Je sentais que maman, parce qu'elle souffrait, s'éloignait de tout ce qui concernait ma "mission" et j'avais peur que, toi aussi, tu y renonces.* »

Je dois reconnaître que les observations contenues dans cette réponse sont très justes et reflètent une profonde connaissance de nos cœurs et de nos sentiments les plus intimes.

En effet, un intense découragement s'était emparé de moi et plus encore de mon épouse, suite au dénouement négatif de cette première tentative que nous avions affrontée avec tant d'enthousiasme. C'est pourquoi le touchant appel qu'Andrea m'avait adressé personnellement avait, sans conteste, raffermi de façon décisive ma volonté de continuer sans relâche. Ma femme m'a suivi.

Je pourrais résumer mon second point d'interrogation ainsi. J'ai déjà rapporté précédemment que, durant les recherches dans le Pô, j'avais également reçu des messages d'autres personnes qu'Anita. Ceux-ci confirmaient la « mission » d'Andrea telle qu'il nous l'avait décrite. Je lui avais alors demandé si ces messages provenaient bien de lui. Il en avait rejeté plusieurs. En revanche, il en avait confirmé d'autres, entièrement ou partiellement, tout en formulant quelques corrections. Il avait ajouté qu'il considérait comme un grand bonheur de pouvoir disposer de plusieurs intermédiaires pour communiquer avec nous.

Une telle affirmation me semblait être en légère contradiction avec ce qu'il m'avait dit le 24 juin 1985. Je lui avais parlé de certains messages reçus en son nom par une dame de Monfalcone, et je voulais être sûr qu'il s'agissait bien de lui. Il avait nié en ajoutant « *Je n'ai pas besoin de m'insérer* ». (Voir le procès-verbal relatif page 205.)

Je lui ai alors demandé d'élucider cette apparente contradiction.

Ce fut très simple :

« *Papa, je voulais dire par ces paroles que désormais, pour ma "mission", je n'ai pas besoin d'autres intermédiaires. En revanche, au début plus j'avais d'intermédiaires à ma disposition mieux c'était, parce qu'en l'occurrence, tu ne semblais pas convenir à cette époque. Tu me comprends, papa.* »

Cette explication implique, encore une fois, une connaissance impressionnante de ma situation psychologique réelle et profonde.

Il résulte, en effet, de l'exposé ci-dessus, que lorsqu'il se réjouissait d'avoir plusieurs intermédiaires pour s'entretenir avec nous, j'étais encore en cette matière extrêmement incertain et conditionné par trop de préjugés rationalistes. Le fait que la « mission » d'Andrea me soit confirmée par d'autres sources que Madame Anita constituait pour moi, indubitablement, un élément positif qui a contribué à me persuader de m'engager dans cette voie. Pour preuve, j'ai consacré un chapitre à cette convergence des messages, parce que, dans ma conscience, ils m'avaient aidé à forger ma conviction et à prendre ma décision.

En revanche, dans la phase actuelle, indubitablement, ce n'est nullement nécessaire désormais.

Des résultats surprenants

Avant de conclure cet appendice, j'estime opportun de rapporter les faits suivants.

Après les quelques informations, pourtant très limitées, données à la télévision sur le cas de mon fils lors de l'émission de la RAI et suite au très bel article publié à cette occasion par un journaliste renommé dans le quotidien « Il Piccolo » de Trieste, j'ai eu connaissance d'une série d'effets spirituels positifs.

Je citerai, entre autres, le cas d'une personne bien connue en ville, diplômée de l'Université, qui était sur le point de se suicider. Elle en a été dissuadée par la lecture de l'article de « Il Piccolo » et est ensuite venue se confier à moi.

Le fait que, sans aucune initiative de ma part, le cas de mon fils ait été évoqué dans une émission aussi importante de la 1re chaîne de la RAI et que l'article ait ensuite été publié sur toute la troisième page du quotidien local mérite également d'être pris en considération. Il en est de même pour la rubrique radiophonique du docteur Piero Cimatti. En effet, son opération-téléphone du 7 août 1985 a été consacrée au cas de mon fils et ce, toujours sans que j'aie quémandé quoi que ce soit.

Je cite également, pour la forme et avec toutes les réserves d'usage, l'appel téléphonique, tard dans la soirée, de Madame P.R., pour me dire, sur un ton de ferme conviction, que son mari s'était tiré d'une situation extrêmement dangereuse grâce à l'aide de mon fils Andrea. Peu après, je me suis entretenu avec la dame et son mari M.R. J'ai appris que ce dernier, chauffeur de taxi, avait transporté des bohémiens jusque dans les environs de Turin et que là il s'était trouvé dans une position très dangereuse. Il s'en était tiré grâce à l'intervention providentielle et tout à fait fortuite de deux gendarmes et à l'aide totalement désintéressée de personnes qu'il ne connaissait pas le moins du monde.

La femme avait la conviction que son mari avait été sauvé par Andrea parce que, pendant la longue période au cours de laquelle il s'était trouvé en difficulté, elle avait senti dans son esprit et dans son cœur l'insistante présence d'Andrea de même que la certitude qu'il était en train d'aider son mari. De plus, elle ne considérait pas naturel du tout que son mari soit rentré de Turin, au volant de sa voiture, dans un état de fraîcheur exceptionnelle, malgré toutes les émotions et après avoir passé plus de quarante-huit heures sans pratiquement se reposer ou avoir fermé l'œil.

J'ai demandé à Andrea, par l'intermédiaire de Madame Anita, si cette conviction qu'avait la dame était fondée. Il répliqua :

« *Oui, dans de pareils cas, nous avons la faculté d'aider, dans la mesure du possible, ceux-là qui vivent un événement analogue au nôtre. L'assisté doit, à titre de remerciement, prier pour tous ceux qui en ont besoin.* »

J'ai raconté ce fait parce que je pense, indépendamment de l'appréciation de chacun, qu'il illustre tout au moins l'effet bénéfique que peut avoir la connaissance du cas d'Andrea décrit dans ce livre, présenté avant sa publication, par le journaliste dans l'article du quotidien « Il Piccolo » de Trieste.

Je dois enfin signaler l'offre spontanée et totalement imprévisible que m'a faite Madame A.T. de traduire gratuitement mon livre en serbo-croate, afin qu'il soit publié en Yougoslavie. Je rapporte ce fait parce qu'il me semble opportun, en conclusion, de citer la réponse reçue de la part de mon fils, lorsque je lui ai demandé s'il avait une quelconque suggestion à me faire au sujet de cette offre. Voici ce qu'il m'expliqua :

« *Mon papa, point n'est besoin de suggestion. Comme tu t'en seras aperçu, tout est prédisposé.*

Les faits et les personnes sont reliés les uns aux autres comme une spirale : en haut, toujours de plus en plus haut, jusqu'à ce que le but fixé soit atteint. Entre-temps, je ne puis que dire merci à tout le monde. Andrea. »

Trieste, le 18 août 1985.

DOCUMENTATION

Préambule

J'estime que les personnes qui m'ont suivi jusqu'ici pourraient désirer prendre connaissance plus directement du contenu des communications que j'ai eues avec mon fils.

Aussi, pour répondre à ce désir, ai-je pensé à publier dans la première partie de cette documentation divers extraits de ces communications que je considère comme les plus intéressants pour les lecteurs.

Les procès-verbaux qui ne présentent pas d'indications spéciales ont été rédigés à Trieste. Lorsque je fais référence à Bianca, il s'agit de mon épouse.

Je précise enfin que les messages parviennent toujours sans ponctuation — évidemment superflue — exception faite pour le point d'interrogation. Ce dernier est évidemment important pour la compréhension de la phrase à laquelle on se réfère [1].

1. Note de l'éditeur : pour plus de clarté et afin que la lecture en soit facilitée, nous avons conservé, dans la version française, les ponctuations dans les messages.

J'ai inséré les procès-verbaux établis par la suite, sur lesquels questions et réponses étaient inscrites sur la même feuille.

Enfin, j'ai cru bon de reproduire l'article de l'évêque de Trieste sur la guérison miraculeuse d'Andrea, paru le 15 juillet 1961 dans « Il Piccolo » de Trieste (voir page 209) ainsi qu'une attestation du docteur Mauro Braida condisciple et compagnon de club d'Andrea, où il met en lumière l'impressionnante similitude entre ses messages d'une part, son style et sa personnalité d'autre part (voir page 223).

Les procès-verbaux des entretiens

Afin d'alléger le texte, nous avons pris le parti de signaler les questions par la lettre Q et les réponses par la lettre R.

Procès-verbal du 17 février 1983
(premier de la série)

Madame Anita cherche à se mettre en relation avec l'esprit de son père et tient la pointe feutre sur la main gauche ouverte. Après un moment, le feutre écrit verticalement « papa ». Ce dernier est son esprit-guide habituel. Nous passons alors aux questions.

Q : « Peux-tu nous mettre en contact avec Andrea ? »

R : « Oui (cela veut dire qu'il est mort). »

Q : « Est-il enseveli dans l'eau ou dans la terre ? »

R : « Dans la terre. »

Q : « Près de l'eau ? »

R : « Oui. »

Q : « Près de la rivière Stura ? »

R : « Non. »

Q : « Où se trouve-t-il ? »

A ce moment, le feutre écrit :

« Ma petite maman, je suis où il y a de l'eau, des pins. »

Madame Anita interrompt parce qu'elle est émue.

J'insiste et je demande :

« Andrea, dis-nous : ton corps, où se trouve-t-il ? A Turin ? »

L'écriture reprend et il en résulte ceci :

« Dans l'au-delà nous voyons. »

Vient ensuite le dessin d'une main tenant un poignard, et du sang.

Brève interruption.

Puis un autre dessin est réalisé avec une espèce de décharge et à côté un corps.

Après une autre brève interruption, suit un autre dessin avec deux arbres près desquels se trouve une sorte de gloriette.

Après une courte pause, un nouveau dessin.

Un autre arrêt encore, puis les tentatives pour compléter le dessin sont vaines. La dame pointe le feutre en dehors de ce dessin. L'écriture reprend et dit :

« Andrea : quatrième arbre après le kiosque qui se trouve au milieu du plus grand parc de Turin ; mais mettez-vous le cœur en paix je vous prie ; ici, je suis heureux. Souvenez-vous de moi parce que ainsi je pourrai encore venir à vous. Appelez-moi souvent. »

Q : « Pourquoi es-tu allé à Turin ? »

R : « Une bonne occasion m'a poussé vers ces cinq assassins. »

Q : « Andrea, l'occasion pour faire quoi ? »

R : « Voiture rouge comme le sang que j'ai versé. »

Q : « Peux-tu me dire le numéro de la plaque minéralogique de cette auto ? »

R : « Je n'ai pas eu le temps de la voir. Ils m'ont surpris pendant que je parlais avec quelqu'un qu'ils appelaient Baffo [1]. Ils m'ont frappé à la tête. L'un d'eux avait au doigt une grosse bague avec une pierre noire. En fait, il m'a blessé à la bouche. »

Q : « Y avait-il quelqu'un de Trieste parmi les assassins ? »

R : « Je ne les connaissais pas. »

Q : « Parmi les personnes présentes y avait-il un petit blond, d'une trentaine d'années ? Il roule habituellement dans une Alfetta immatriculée TO H... »

R : « Non; celui-là je l'ai vu au bar. »

Q : « Andrea, te rappelles-tu le nom ou l'emplacement du bar où tu as connu le petit blond ? »

R : « Au bar de la gare. »

Q : « Et l'auto qu'ils t'ont montrée, à quel endroit de Turin se trouvait-elle ? »

R : « Je ne le sais pas. J'y suis allé en voiture avec Baffo et il était onze heures du soir. »

Q : « L'auto dans laquelle tu es allé avec Baffo, c'était une Alfetta blanche ? »

R : « Non. »

Q : « Le petit blond comment s'appelait-il ? »

R : « Marco. »

Q : « Andrea, je te prie, réussirons-nous à trouver ton corps ? »

R : « Pas de sitôt. »

Q : « Dans combien de mois cher Andrea ? »

R : « Un an. »

Procès-verbal du 26 février 1983

Q : « Le parc dans lequel tu es enseveli, et que tu nous as dessiné, c'est le parc Valentino, au centre de Turin, le long du Pô ? »

1. Moustache.

R : « Oui. Ma petite maman, il ne faut pas désespérer. Ce qui compte c'est la paix de l'âme et moi, avec mon âme, je suis près de vous nuit et jour. En ce moment précis ne sens-tu pas ma présence ? Grâce à Anita je peux maintenir le contact avec vous. La Lumière Infinie est avec vous. »

Q : « L'endroit de ta sépulture, que tu nous as indiqué également sur le dessin, se trouve à proximité du grand immeuble du parc Valentino occupé par la Faculté d'Architecture ? »

R : « Oui. »

Q : « Afin de nous aider, peux-tu nous donner quelque autre indication ? »

R : « Le bar de la gare : pars de là. »

Q : « Ce bar, c'est le premier en arrivant à la gare, sous le portique, près des taxis ? »

R : « Non. »

Q : « C'est celui qui se trouve près des cabines téléphoniques ? »

R : « Oui. »

Q : « Alors, c'est le bar du côté des arrivées ? »

R : « Oui, 11/06/1981 à 0 h 30. »

Q : « Le bar de la gare est-il encore fréquenté par le petit blond ou par une des autres personnes que tu nous as indiquées et par qui ? »

R : « Uniquement par Marco, d'habitude. »

Q : « Peut-être sais-tu le nom de ce bar ? »

R : « Non. »

Q : « Le bar se trouve du côté de la gare, pour aller à l'hôtel Astoria ? »

R : « Oui. »

Q : « Quelqu'un de Trieste est-il au courant de ta mort ? »

R : « Oui. »

Q : « Peux-tu nous dire qui c'est ? »

R : « Non. »

Q : « Pourquoi ne nous donnes-tu pas les renseignements que tu possèdes ? »

R : « Je ne veux pas qu'il soit impliqué. »

Q : « La date que tu nous as indiquée c'est le jour et l'heure de ta mort ? »

R : « Oui. »

Q : « Depuis que tu as quitté l'hôtel à environ dix heures du matin jusqu'à onze heures du soir, quand tu es allé au bar de la gare, qu'as-tu fait ? »

R : « J'ai fait un tour, j'ai déjeuné. Plus tard, j'ai fait la connaissance de Marco. Nous avons dîné ensemble et à dix heures j'ai rencontré Baffo. Les quatre autres n'ont rien à voir avec la voiture. »

Q : « Pourquoi te trouvais-tu à onze heures au bar de la gare ? »

R : « A onze heures, je suis parti avec Baffo. »

Q : « Pourquoi avais-tu rencontré Marco et t'entretenais-tu avec lui ? »

R : « Nous nous sommes connus au bar et il a téléphoné à Baffo. Il a fixé rendez-vous pour le soir. »

Procès-verbal du 5 mars 1983

Moi : « Andrea, pour quel motif Marco t'a-t-il fixé rendez-vous avec Baffo, le soir ? »

R : « Excusez-moi : Gigi Rosani veut saluer Maria, Rosanna, Franco, Gianni, Mario. C'est une âme qui vient d'arriver. »

Moi : « A qui devons-nous nous adresser pour faire parvenir ce message ? »

R : « A ma femme et à mes enfants. »

Anita : « Qui parle maintenant : Gigi ? »

R : « Oui. »

Nous consultons l'annuaire des téléphones. Il s'y trouve plusieurs Rosani mais aucun d'eux ne se prénomme Luigi. Un ami défunt de ma fille Luisa s'appelait « Paolo » Rosani. Je demande alors :

« Sa femme et ses enfants habitent à Trieste ? »
R : « Oui. »
Moi : « Où ? »
R : « C'est Andrea. Cette âme a fait un énorme effort pour donner ce petit signe. Il est mort depuis peu. »
Moi : « Andrea, que devons-nous faire pour retrouver ces personnes et leur transmettre le message ? »
R : « Regardez dans le journal d'aujourd'hui. »
Nous regardons dans « Il Piccolo » de ce jour. Nous y trouvons un avis mortuaire de Luigi Rosani (Gigi).
Le décès est annoncé par sa femme Maria et ses enfants Mario, Gianni, Franco et Rosanna. Nous sommes consternés. Personne de nous n'avait lu les avis mortuaires. Madame Anita n'avait vu « Il Piccolo » ni de près ni de loin. Pour nous, ce Rosani reste un inconnu.
Moi : « Andrea, as-tu un message à nous donner ? »
R : « Questionne. »
Moi : « Pour quel motif Marco t'a-t-il fixé rendez-vous avec Baffo, le soir ? »
R : « Pour la voiture. »
Moi : « Où ? Au bar de la gare ? Marco était-il présent lui aussi ? »
R : « Non. »
Moi : « Pour quelles raisons es-tu entré en contact avec tes quatre meurtriers ? »
R : « Je ne sais pas. Ils sont sortis de l'obscurité. »
Moi : « Où cela est-il arrivé ? »
R : « Dans le hangar. »
Madame Anita demande à Andrea si c'est toujours à lui qu'elle parle.
R : « Oui. »
Moi : « Baffo connaissait ces jeunes hommes ? »

R : « Je n'en suis pas sûr. »

Moi : « Qui t'a enseveli ? Ces quatre avec Baffo ou sans Baffo ? »

R : « Sans lui. »

Moi : « Le petit blond sait-il où tu es enseveli ? »

R : « Non. »

Moi : « Alors, ils t'ont conduit jusqu'à l'endroit de ta sépulture dans leur voiture ou dans celle de Baffo ? »

R : « Dans la leur, au-dessous d'une bâche. »

Moi : « Pourquoi t'ont-ils assassiné ? »

R : « Ils voulaient jouer les durs en plaisantant. »

Moi : « Mais que s'est-il passé entre cela et le moment où ils t'ont tué ? »

R : « Ils ont pris mon portefeuille, ils ont vu l'argent et ont perdu la tête. »

Moi : « Ils étaient drogués ? »

R : « Je pense que oui, ils étaient comme des fous ; mais je crains que tout ceci ne puisse résoudre ton problème. Ne veux-tu pas retrouver mon cadavre ? »

Moi : « Quand tu es arrivé à Turin le 9 juin au soir, dans quel hôtel as-tu passé la nuit ? »

R : « Mais tu le sais ! »

A noter qu'effectivement je m'étais déjà assuré qu'Andrea avait passé la nuit à l'hôtel Astoria à Turin. J'avais posé la question dans le but de contrôler la réponse.

Je continue néanmoins de poser des questions :

Moi : « Quand ils t'ont tué, le sac contenant tes vêtements se trouvait-il auprès de toi ? »

R : « Oui. »

Madame Anita : « Et ce sac, où est-il ? »

R : « Avec mon cadavre. »

Moi : « Ce soir-là pensais-tu dormir à l'hôtel ou bien partir ? »

R : « Partir. »

Moi : « Nous ne voulons pas te fatiguer plus, Andrea. Nous te sommes infiniment reconnaissants pour ce que tu nous as dit. Nous en sommes tout émus et nous espérons t'entendre encore. Si tu le crois bon, dis-nous quelque chose avant de nous quitter. »

R : « Je suis toujours avec vous et lorsque vous m'appelez je suis heureux, mais pas tellement pour vous donner les détails que vous me demandez ; pour moi, ils n'ont pas d'importance. Je voudrais cependant soulager votre tourment. Baisers, baisers, baisers. »

Procès-verbal du 10 mars 1983

Moi : « Andrea, dans l'au-delà es-tu avec quelqu'un de notre famille que tu connais ? »

R : « Certainement. »

Moi : « Avec qui Andrea ? »

R : « Avec grand-papa, oncle, Marco et tous les autres. »

Moi : « Nous ne connaissons pas Marco. De qui s'agit-il ? »

R : « C'est un ami de classe, il avait douze ans. C'est lui qui m'a pris le premier par la main pour me conduire vers la Lumière Infinie. »

Moi : « Qui a parlé maintenant, Andrea ou quelqu'un d'autre ? »

R : « Andrea. »

Moi : « Ne le prends pas mal : mais nous ne te voyons pas ; pour être certains que nous parlons bien avec toi et non pas avec un autre esprit, dis-nous comment s'appelle la sœur de ta maman, ta tante, qui habite le quartier voisin du nôtre. »

R : « Je veux Piero. »

Moi : « Andrea, je t'en prie, réponds à ma question : ta tante, la sœur de ta maman qui habite près de chez nous, comment s'appelle-t-elle ? »

R : « Je donne les preuves que je veux. »

Moi : « Ça va bien, nous acceptons. Donne-nous une preuve, quelle qu'elle soit, qu'il s'agit bien de toi. »

R : « Piero. »

Moi : « Que veux-tu dire avec le mot Piero ? »

R : « Piero, c'est mon frère. J'ai donné son nom, cela ne te suffit-il pas ? »

Moi : « Dis-nous aussi le nom d'un autre frère, je t'en prie, Andrea. »

R : « Non. »

Moi : « Alors Andrea, pourquoi veux-tu Piero ? »

R : « C'était la preuve. »

Moi : « Tes quatre assassins t'ont porté en voiture au parc Valentino. Où ont-ils pris les outils pour t'enterrer ? »

R : « Dans le hangar. »

Moi : « Quelle sorte d'outils était-ce ? »

R : « Le feutre fait deux dessins représentant deux types de pelle. »

Moi : « Andrea, nous allons samedi et dimanche à Turin pour rechercher ton corps. As-tu un conseil à nous donner ? »

R : « Cherchez l'arbre 4. »

Moi : « Le lendemain de ton arrivée tu es allé à la FIAT ? »

R : « Non. »

Moi : « Pourquoi ? »

R : « J'ai rencontré Marco. »

Moi : « Mais Marco tu l'as seulement rencontré l'après-midi, après le déjeuner. Alors, le matin où es-tu allé ? »

R : « Voir dans trois garages. »

Moi : « Qui t'a indiqué ces trois garages ? »

R : « Je ne te le dis pas. »

Moi : « Peux-tu m'indiquer d'où il faut commencer à compter les arbres pour atteindre le quatrième arbre auquel tu faisais allusion ? »

R : « Le feutre fait un dessin. »

Madame Anita demande s'il peut refaire le dessin.

R : « Oui. »

Il le refait en plus grand. Il en résulte un dessin similaire à celui qu'il avait tracé en premier lieu avec des arbres et un corps auprès du quatrième.

Moi : « Samedi et dimanche nous irons à Turin pour tenter de localiser l'endroit où tu es enterré. Nous t'assurons que si nous trouvons ton cadavre nous ne chercherons plus à retrouver les responsables de ta mort. Pourras-tu nous aider, à Turin, quand nous viendrons avec Madame Anita ? »

R : « Oui, je chercherai à vous guider le mieux possible. »

Puis il fait un dessin.

Moi : « Ce second dessin indique-t-il un ruisseau ou quelque chose d'autre ? »

R : « Un sentier bordé d'arbres, quatrième arbre. »

Procès-verbal du 12 mars 1983
(à Turin, au parc Valentino)

Nous commençons la visite à partir de l'entrée du Corso Vittorio Emanuele II, après le chalet où se trouve un tronc d'arbre scié, sur lequel Madame Anita s'appuie pour écrire.

Moi : « Andrea, c'est dans cette zone que tu es enseveli ? »

R : « Très près. »

Moi : « Vers le fleuve ? »

R : « Oui. »

Moi : « Tout droit ? »

R : « Oui. »

Nous avançons alors un peu vers la gauche et marchons une dizaine de mètres sur la pelouse.

En face de nous, à une vingtaine de mètres, se trouve un édifice carré, en briques, portant l'enseigne d'un glacier.

Je demande :

« Le kiosque en briques ici devant nous, c'est celui que tu as indiqué ? »

R : « Non. »

Moi : « De quel côté devons-nous aller ? »

R : « A droite. »

Moi : « En regardant vers le fleuve. »

R : « Oui. »

Nous avançons à droite et nous parvenons à une petite terrasse devant la Faculté d'Architecture.

A cet endroit, Madame Anita demande à son père si Andrea est toujours présent.

R : « Oui. »

Moi : « C'est cet endroit ? »

R : « Oui, encore plus à droite, je vous sens. »

Moi : « C'est là ? Cette petite plage ici devant nous ? »

R : « Non, à droite. »

Nous poursuivons à droite jusque sous le chapiteau médiéval, avant le ruisseau qui le borde et puis se jette dans le Pô. Nous nous arrêtons sur la petite esplanade et Madame Anita s'appuie sur le socle où s'érige une croix.

Elle demande à son père si Andrea est toujours présent.

R : « Oui. »

Moi : « C'est ici l'endroit où tu es enseveli ? »

R : « Encore à droite. »

Nous continuons et traversons le petit pont du ruisseau, nous passons devant le château médiéval et poursuivons encore sur une cinquantaine de mètres, jusqu'au point indiqué le matin par les radiesthésistes milanais, entre les poteaux électriques 35 et 37, à environ trois mètres du quatrième arbre. Je demande : « C'est bien ici l'endroit, Andrea ? »

R : « Oui, un demi-mètre à gauche. »

Moi : « Tu es là ? Dans l'eau ou dans la terre ? »

R : « Oui eau terre branches. »

Il fait alors un petit dessin qui indique clairement un corps étendu et, au-dessus, des lignes qui font penser, sans aucun doute possible, à l'arbre qui s'y trouve et dont le tronc a donné naissance à six troncs disposés côte à côte en carré. Puis l'écriture continue :

« Arbre 4. »

Moi : « Le dessin signifie que ton corps est sous l'eau empêtré dans les arbres ? »

R : « Oui, de la vase. »

Je demande :

« Une personne en plongeant peut-elle te voir ? Peut-elle voir quelque de chose de toi ? »

R : « Je pense que non. »

Moi : « Quelle distance y a-t-il entre la rive et l'endroit où tu es ? »

R : « Je suis échoué sur la rive à trois mètres de profondeur. »

Le radiesthésiste U.M. nous fait voir une feuille de papier qu'il vient de retirer de sa poche et sur laquelle, à Milan, il avait écrit que le corps se trouvait à trois mètres de profondeur.

Moi : « Y a-t-il un danger que le courant puisse t'emporter ? »

R : « Non. »

Moi : « La couche de boue au-dessus de ton corps est très épaisse ? »

R : « Un mètre. »

Moi : « A quelle distance es-tu de la rive ? »

R : « Je l'ai déjà dit. »

Monsieur U.M. fait demander à Andrea d'indiquer où il se trouve, en lui présentant la photo qu'il a prise le matin même à l'endroit où un arbuste a poussé sur la berge en oblique par rapport au niveau de l'eau.

Le feutre, posé par Madame Anita sur un point extérieur à la photo elle-même, descend le long de la berge jusqu'à atteindre l'arbrisseau et trace alors un signe horizontal sous l'arbrisseau, à sa base.

A ce moment le jeune radiesthésiste L. montre la carte topographique de Turin de la SIP à Madame Anita et lui demande d'y faire indiquer par Andrea l'endroit où il se trouve.

Elle pointe le feutre sur la carte à l'amorce du pont Ballis (du côté du parc Valentino), c'est-à-dire le pont en amont du pont Isabella, devant lequel nous étions descendus avec lui. Naturellement, Madame Anita ne connaît pas cet endroit.

Après avoir posé la question en ce sens, le feutre se déplace le long de la rue qui côtoie le fleuve, arrive à l'amorce du pont Isabella, poursuit dans le parc Valentino et s'arrête au point qui correspond exactement à celui où nous nous trouvons, faisant sur cet endroit un trait plus épais, juste sur la berge du fleuve.

Nous continuons ensuite à poser des questions.

Moi : « Tu es en dessous de l'amas de boue qui se trouve sous l'arbuste ? »

R : « Oui. »

Après cela, nous nous rendons tous au bar du restaurant tout proche. Au moment où je me suis absenté pour raccompagner à leur voiture les radiesthésistes qui rentrent à Milan, Madame Anita sent le besoin de reprendre le feutre. Elle le met en contact avec le papier et il se met à écrire : « Maman chérie, je voulais t'éviter une nouvelle émotion, mais je connais ta ténacité. J'espère que ces indications supplémentaires apporteront de bons résultats. Je l'espère pour vous parce que moi je suis déjà en paix. Salut maman, salut papa. Merci. »

Procès-verbal du 13 mars 1983
(toujours à Turin, au parc Valentino)

Sur proposition de Madame Anita, elle, son mari, Bianca et moi-même sommes retournés au parc Valentino afin d'y reprendre les recherches en l'absence des radiesthésistes milanais. On éliminait ainsi le doute que par leur présence ils aient pu influencer les recherches, bien qu'en vérité, ils se fussent tenus à l'écart lorsque nous posions les questions, justement pour éviter une quelconque interférence.

Nous entrons du côté de l'avenue Vittorio Emanuele II.

Nous nous rendons dans la zone reproduite sur le croquis que nous a envoyé Monsieur R. et nous nous arrêtons à l'endroit où se trouve le ruisseau indiqué par ledit Monsieur R.

Je pose la question :

« Le ruisseau qui est ici devant nous est bien celui indiqué sur le premier plan ? »

R : « Oui. »

Moi : « C'est à cet endroit du parc que tu es enterré ? »

R : « Oui, à droite. »

Moi : « A droite jusqu'au point où nous sommes arrivés hier ? »

R : « Je vous ai laissé un signe; j'ai fait tomber le capuchon de la pointe feutre. »

Frappés par cette réponse, nous nous sommes rappelés qu'hier un des radiesthésistes avait recommandé à Madame Anita de remettre le capuchon du feutre afin qu'il ne sèche pas. Étant disposés à partir, nous avions, à ce moment, cessé de poser des questions et nous nous trouvions en face de l'arbre où nous avions localisé l'endroit de la sépulture d'Andrea. Madame Anita avait alors fait le geste de prendre le capuchon à l'autre bout du feutre où on l'introduit d'habitude avant d'écrire et où il est solidement fixé, mais ne l'y avait point trouvé. Nous en avions déduit qu'il s'était égaré. Bouleversés comme nous l'étions, nous n'avons accordé que peu d'importance à ce détail et nous sommes rentrés au bar.

Maintenant en y repensant, Madame Anita se souvient parfaitement qu'à la halte précédente, devant l'arbuste (c'est-à-dire sur la petite esplanade sous le château médiéval) où se trouve le crucifix, elle avait introduit le capuchon sur la plume après avoir écrit, comme elle se rappelle également l'avoir enlevé avant d'écrire. En conséquence, ledit capuchon est nécessairement tombé lorsqu'elle écrivait devant l'arbuste, à l'endroit où est présumé se trouver le corps d'Andrea.

A titre de confirmation, nous avons continué à poser des questions.

Je demande :

« Le capuchon de la pointe feutre est-il tombé devant l'arbuste où nous étions arrêtés, là où nous avons localisé l'endroit où se trouve ton corps ? »

R : « Oui. »

Moi : « Alors tu nous confirmes que l'endroit où tu es enseveli est celui que nous avons trouvé avec les radiesthésistes ? »

R : « Oui, mais dans la terre. »

Nous nous déplaçons alors devant le chalet dessiné par Monsieur R. sur son croquis. Nous nous éloignons un peu vers la droite, le long de la rue, jusqu'à une petite place latérale où se trouvent des bancs en pierre. Là, assis sur un de ces bancs, nous regardons vers le chalet.

Je demande :

« Le kiosque dessiné sur ton plan du premier jour est celui qui se trouve devant nous ? »

R : « Oui. »

Il refait alors le même dessin avec un ovale (représentant le kiosque comme il l'avait déjà spécifié plusieurs fois) et ensuite une ligne courbe qui continue, marquée de petits points noirs et, vers la fin, d'un petit signe un peu plus long.

Je demande :

« Le premier arbre est à compter à partir du chalet ? »

Je me réfère au fait que plusieurs fois il avait mentionné l'arbre 4 dans les communications des jours précédents.

R : « Le long du Pô. Pointez la plume sur le kiosque, un peu plus bas. »

Nous ne trouvons pas le plan de Turin. Il est sans doute resté dans le sac de voyage de Bianca, ainsi que la photocopie de la carte géographique militaire. Nous n'avons rien d'autre que la copie du croquis que nous avait envoyée Monsieur R.

Madame Anita pose le feutre sur celle-ci entre le dessin du chalet et le Pô. Le feutre se déplace le long du Pô vers la droite (en regardant le fleuve), il poursuit et passe devant le dessin représentant la Faculté d'Architecture, sur le bord extrême du croquis, et déborde sur le feuillet blanc. En un certain point, il forme le long de cette ligne quatre signes assez rapprochés l'un de l'autre comme il l'a toujours fait pour signaler les arbres. La ligne cesse immédiatement après le quatrième signe (arbre). En ce point-là, du côté du Pô, il reproduit le même signe pour indiquer son corps.

Sur la base de cette indication, nous poursuivons notre chemin le long de la rue. Nous dépassons l'immeuble de la Faculté d'Architecture. Nous atteignons le château médiéval et nous le dépassons du côté du Pô. Juste après le château, un arbre gigantesque se dresse sur la berge du fleuve.

Nous nous y arrêtons.
Je demande :
« Andrea, c'est celui-ci le premier arbre ? »
R : « Oui. »
Nous continuons. Au deuxième arbre, Madame Anita demande si c'est bien le deuxième arbre.
R : « 2. »
Nous continuons jusqu'au troisième. Madame Anita demande encore si c'est bien celui-ci le troisième arbre.
R : « 3. »
Nous poursuivons jusqu'au quatrième arbre et ici aussi Madame Anita demande si c'est bien le quatrième.
R : « 4. »
Ce quatrième arbre est constitué par six troncs, disposés en carré, provenant d'un tronc unique. Près de lui, pousse hors de l'eau, en oblique vers le fleuve, l'arbuste déjà identifié hier et qui indique l'endroit où se trouve le corps d'Andrea.
Je questionne :
« Tu es enseveli sous l'arbuste, ici en face de nous ? »
R : « Oui, trois mètres en dessous. »
Je prends alors une photo au Polaroid. Puis je demande :
« De la rive, où l'eau commence, es-tu vers l'intérieur de la berge ou vers le fleuve ? »
R : « Enlisé dans la berge. »
Moi : « C'est ici qu'est tombé le capuchon de la pointe feutre ? »
R : « Oui. »
Nous le cherchons mais nous ne le trouvons pas.
Moi : « Pourquoi n'y est-il plus ? »
R : « Là dans l'eau. Vous deviez le voir au moment de sa chute. Je suis là. »

Moi : « Andrea, as-tu quelque chose à nous dire avant de nous quitter ? »

R : « Tous mes vœux et merci. »

Procès-verbal du 22 mars 1983

Moi : « As-tu encore sur toi quelques-uns de tes vêtements qui pourraient nous permettre de t'identifier ? »

R : « Outre quelques lambeaux de la bâche qui me recouvrait, tu pourrais retrouver pantalon, jeans et pull, mais ce dernier je ne sais si on peut l'entrevoir. »

Moi : « As-tu encore tes souliers, Andrea ? »

R : « Un seul. »

Moi : « Et ta montre l'as-tu encore ? »

R : « Non. »

Moi : « Et ton slip, tu l'as ? »

R : « Oui. »

Moi : « Pourrons-nous trouver ton corps en utilisant les moyens auxquels Monsieur R. pense avoir recours (deux plongeurs) ? ou bien devons-nous utiliser d'autres moyens ? »

R : « Certainement. »

Moi : « Ton corps se trouve toujours à l'endroit que tu nous as indiqué le samedi 12 et le dimanche 13 mars à Turin ? »

R : « Mais oui. »

Suit une image graphique incompréhensible constituée par un ovale, avec à l'intérieur un petit dessin.

Madame Anita : « Que signifie ce dessin ? »

R : « Au milieu, c'est moi. »

Et il dessine à nouveau un ovale avec, en son milieu, un croquis évoquant un corps étendu.

Moi : « As-tu sur toi ou près de toi ta carte d'identité ou ton permis de conduire ? »

R : « Dans mon portefeuille. »

Moi : « L'as-tu sur toi ? »

R : « Non. »

Moi : « Peux-tu m'indiquer quelque autre élément d'identification à produire aux autorités pour prouver que c'est réellement toi ? »

R : « Le feutre trace quelques lignes verticales, à environ quatre millimètres l'une de l'autre, reliées par une ligne légèrement ondulée. Ensuite il écrit : "Placez le crayon au centre de la feuille." »

Madame Anita pose le feutre. Il en résulte un dessin formé de quatre espèces de protubérances alignées, auquel fait suite, obliquement et en sens opposé, une ligne qui part d'un ovale identique aux deux précédents avec la petite silhouette à l'intérieur.

Anita : « Que signifie ce dessin ? »

R : « Quatre arbres arbuste sur le bord du Pô amas de boue mon corps [1]. »

Nous observons qu'indubitablement le petit dessin est une reproduction de la zone signalée comme étant l'emplacement du corps d'Andrea, vue en perspective du point où se trouve le corps.

Moi : « Quand je t'ai demandé des renseignements concernant les outils utilisés par tes meurtriers pour t'ensevelir, tu nous as dit qu'ils les avaient trouvés dans un hangar et tu as dessiné comme des pieux. Dc quoi s'agissait-il, étant donné que tu as été jeté dans le Pô et que, par conséquent, les outils pour creuser étaient inutiles ? »

R : « Initialement, ils pensaient m'enterrer, mais ensuite, ils m'ont jeté du pont. Ils étaient pressés de se débarrasser de mon corps. »

1. Ici aucune ponctuation dans le texte italien comme dans le texte français.

Procès-verbal du 29 mars 1983
(à Turin, au parc Valentino)

Nous nous trouvons dans le parc Valentino, à l'endroit choisi le 13 mars courant, aux abords du bourg médiéval, à une cinquantaine de pas, vers la droite (en regardant vers le fleuve) de l'angle du restaurant San Giorgio. Sont présents Bianca et moi-même, Madame Anita et son mari, les radiesthésistes milanais A.D., U.M., L.M., l'agent R. et les deux plongeurs.

Nous nous installons dans la voiture des Milanais, garée dans la rue longeant la berge du Pô à quelques mètres au-delà du point signalé. Madame Anita s'assied sur le siège avant droit et moi derrière le siège du conducteur. De cette position, nous tournons le dos à la camionnette des plongeurs. Elle se trouve à une cinquantaine de mètres derrière nous et nous voyons la berge du fleuve à notre droite, mais nous ne distinguons pas, bien sûr, ce qui se passe sur la berge du côté du fleuve. Nous n'apercevons donc pas les plongeurs s'immerger.

J'avais assisté à leurs préparatifs. Ils devaient, entre autres, fixer une corde à la base de la berge, à la saillie d'un arbre presque à hauteur de leur camionnette. Pendant que je rejoignais Anita dans la voiture, je voyais les plongeurs complètement équipés : leur immersion était donc imminente.

J'ai pris place derrière Anita et, après lui avoir fourni papier et feutre, je lui ai demandé de commencer les préparatifs d'usage.

Anita demande à son père s'il est présent et disposé à l'aider.

R : « Oui. »

Le feutre alors continue à écrire de lui-même « Vous n'êtes pas prêts »... « Ils ont plongé »...

« Ils sont tout près »... « Ils m'envoient les ondes de leurs mouvements »... « Je ne suis pas là, un peu à gauche »...

Moi : « Tu te trouves dans l'eau, adossé à la berge ou sur le fond, un peu éloigné de la berge ? »

R : « Qu'entends-tu par berge ? Je suis... »

A ce moment, le feutre fait un petit dessin composé d'une ligne un peu ondulée et oblique. Il représente très bien la pente de la berge, avec en haut un croquis qui rappelle l'arbre qui s'y trouve. Au milieu, une ligne élargie vers le haut fait penser à l'arbuste qui pousse sur la berge, dans cette position, au niveau de l'eau. Et au bout de la ligne, l'habituel ovale et la grosse ligne en son centre indiquent l'amas de vase et le corps d'Andrea qui s'y trouve enfermé.

Moi : « Par gauche, doit-on comprendre que c'est en regardant d'où nous sommes vers le fleuve ? »

R : « Oui. »

Moi : « Par berge, j'entends la partie de terre qui borde le fleuve jusqu'au fond. »

R : « Pour moi, c'est jusqu'où arrive la terre. »

(On note : le fond est graveleux.)

Moi : « Tu te trouves à la base ? Au fond de la berge ? »

R : « Le long de la pente il y a des branches, des racines qui affleurent du terrain. C'est là que je suis empêtré. »

Moi : « Les plongeurs sont près de toi maintenant ? »

R : « Ils se sont dirigés vers le milieu. Je vous en prie, regardez l'amas qui se trouve derrière vous. »

Moi : « S'éloignent-ils ou se sont-ils rapprochés ? »

R : « Encore à gauche. »

Moi : « Ils se sont rapprochés ? »

R : « Ils étaient au-dessus de moi. Je les ai sentis. Maintenant ils sont plus à droite. »

A ce moment, on vient nous avertir qu'un des plongeurs a jeté un morceau de bâche sur la berge.

Moi : « Le morceau de bâche qu'ils viennent de trouver c'est à toi ? »

R : « Oui. »

Moi : « Alors tu es là ? »

R : « Oui. »

Moi : « Andrea, ils sont revenus près de toi ? »

R : « Ils se sont rapprochés. »

Anita demande à son père si c'est toujours Andrea qui se trouve en communication.

R : « Oui. »

Le feutre se déplace alors de sa propre initiative et il écrit ce qui suit : « Vous ne voulez pas me comprendre. Je suis à gauche. Ils sont... Ils ne doivent pas me quitter. Ils étaient près de moi. Papa, aide-moi. »

Je sors de la voiture et je constate qu'un plongeur est déjà sorti de l'eau et que l'autre s'apprête à le faire aussi.

Moi : « Andrea, l'endroit où tu es, c'est là que se trouvait la première ou la seconde bâche ? »

R : « La première. »

Pour tirer au clair ce qui précède, il est nécessaire que je fournisse les précisions suivantes :

a) Au cours de leurs immersions, les plongeurs ont d'abord extrait un grand morceau de sac plastique et ensuite un plus petit, qu'ils ont jeté sur la berge.

b) Les plongeurs nous ont rapporté que, pour explorer la berge, ils avaient fait un travail en spirale qui les faisait s'éloigner un peu vers le centre du fleuve et puis revenir vers la berge.

c) L'eau du fleuve était toute boueuse à cause

des pluies récentes, si bien que les plongeurs ne voyaient absolument rien sous l'eau, même à quelques centimètres de leurs lunettes. Ils ne pouvaient donc travailler qu'au toucher.

d) Outre la combinaison et le casque, ils portaient aussi de gros gants et cela réduisait très fortement la faculté de perception de la main.

e) Les plongeurs nous ont dit avoir constaté, faisant saillie sur la berge, un gros amas boueux, exactement comme nous l'avions décrit et seulement à l'endroit que nous avions indiqué. Il existait, en outre, presque en face, un tas fangeux sur le fond du fleuve. Il doit exister également, à un certain endroit, un dépôt de décombres, étant donné qu'ils y ont retrouvé quelques briques.

Procès-verbal du 19 avril 1983

Moi : « Est-ce une bonne chose que de tenter de récupérer ton corps le samedi 30 avril, dans la mesure où par la suite, les radiesthésistes milanais ne peuvent plus être présents jusqu'au 14 mai ? »

R : « Cela pourrait aller s'il ne pleut pas. »

Moi : « Jusqu'à présent les radiesthésistes milanais ont trouvé un plongeur, Monsieur A.P., qui est prêt à travailler toute la journée moyennant les pauses indispensables. Devons-nous insister afin qu'ils en trouvent encore au moins un, ce qu'ils espèrent, ou bien un seul plongeur suffit-il ? »

R : « Il est très bon, mais le travail sera dur pour un seul homme. Il doit couper, nettoyer, chercher; pour cela il aura besoin d'être aidé. »

Moi : « Veux-tu dire qu'il devra être aidé pour te récupérer ou simplement pour établir qu'il s'agit bien de toi ? »

R : « Il y a beaucoup de racines autour de moi et il faut ouvrir un passage pour me voir. »

Moi : « Le message reçu jeudi soir à Palazzolo milanese, par les radiesthésistes milanais, chez Madame I.C. par l'intermédiaire de Madame R.P. venait-il de toi et si oui, entièrement ou partiellement ? »

R : « Rien. »

Moi : « Alors il ne provenait pas de toi ? »

R : « Non. »

Moi : « Le fait que beaucoup de personnes cherchent à recevoir de toi des nouvelles ou des messages te dérange ou te fatigue ? »

R : « Avec la médium en transes, oui. Elle force mes sentiments et les vôtres de façon tyrannique. »

Moi : « As-tu une suggestion à me faire ou un conseil à me donner ? »

R : « J'ai déjà dit et suggéré tout ce qui vous est utile. La seule chose que je voudrais, vous ne l'écoutez pas. »

Moi : « Et quelle est la chose que nous n'écoutons pas, Andrea ? »

R : « Que maman reste à la maison. »

Bianca réagit énergiquement : elle veut être présente aussi.

Procès-verbal du 4 juin 1983

Moi : « Considères-tu qu'il soit utile que je tente de plonger dans le Pô, quand il sera en décrue et que les journées seront plus chaudes, dans le but de chercher à t'identifier, simplement en nageant ? »

R : « Papa, je t'en prie ne plaisante pas, parce que j'espère que tu plaisantes. »

Moi : « Les conditions de conservation de ton

corps ont-elles empiré depuis la tentative de repêchage que nous avons faite le 1er mai ? En cas de réponse positive, pouvons-nous faire quelque chose pour t'aider ? »

R : « Rien n'est changé. »

Moi : « Les conditions spirituelles dans les quelles tu te trouves te permettent-elles de connaître avec certitude si un événement futur, comme la récupération de ton corps, aura lieu ou bien es-tu seulement à même de prévoir des probabilités ? »

R : « La récupération de mon corps est certaine, mais je ne sais pas quand. Quoi qu'il en soit, je ne suis pas à même de voir les choses futures ; tout m'est communiqué par la Lumière Infinie. »

Moi : « Es-tu en mesure de nous dire si nous pouvons prévoir de trouver ton corps ce mois-ci ou si nous devrons attendre plusieurs mois et combien ? »

R : « Je ne veux plus fixer de date. Faites tout ce que vous pourrez, je vous suivrai et je serai toujours près de vous à n'importe quel moment. »

Moi : « Andrea, peux-tu, en conclusion, me donner un message de salutations à moi aussi qui t'aime tant et que ta disparition fait tellement souffrir ? »

R : « Mais, mon papa, des messages ces derniers mois je t'en ai envoyé beaucoup, même non écrits. Ne m'as-tu pas senti constamment à ton côté ? N'as-tu pas senti mon admiration pour toi ? Eh oui, ne crois-tu pas que la force de ta conviction provient de moi ? Je t'aime tellement que tu ne peux même pas te l'imaginer, mon papa adoré. »

Bianca exprime le désir qu'on soumette à Andrea, pour décision, ma proposition de faire publier, dans « Il Piccolo » du 11 juin, un avis rappelant le deuxième anniversaire de sa mort et annonçant qu'une Sainte Messe sera dite le soir à son intention.

Je demande alors :

« Andrea, vois-tu un inconvénient à ce que samedi 11 juin on publie dans le journal l'annonce du deuxième anniversaire de ta mort, de sorte que les gens sachent ce que tu nous as communiqué et qu'ainsi on évite toute sorte de jugements sur ton compte? »

R : « Pourquoi? A quoi cela sert-il? Vous le savez vous, n'est-ce pas suffisant? »

Bianca pleure parce qu'elle est opposée à cette publication. Elle veut qu'on repose la question de façon plus explicite.

Moi : « Es-tu vraiment contre cette publication ou me laisses-tu la liberté de décider? »

R : « Je ne veux pas. Ceux qui m'estimaient de mon vivant devraient encore m'estimer étant mort. »

Moi : « Veux-tu envoyer un message à ta maman également? »

R : « De tout mon cœur, ma petite maman. Toi qui sembles la plus faible, tu es la plus forte. Vois-tu je ne veux pas te voir souffrir. Tu me fais souffrir aussi. Sois sereine. Nous ici, nous sommes des privilégiés. Il n'y a ici ni misère ni laideur. Je veux te dire par là que rien ne nous trouble. Et puis moi j'ai une très belle tâche. J'accompagne les âmes nouvellement arrivées vers le long tunnel. Maman chérie, je t'aime, je t'aime. Ton Andrea. »

Procès-verbal du 11 juin 1983

« Nous te dérangeons encore pour te poser quelques questions suite aux faits nouveaux qui se sont produits à Milan le jeudi 9 courant au soir. La situation s'en est trouvée modifiée et il se peut, par conséquent, que l'on doive revenir sur quelques-unes des décisions déjà prises.

Aussi, je te demande :

"As-tu assisté à l'entrevue que j'ai eue à Milan, le jeudi 9 courant de vingt et une heures à vingt-quatre heures, avec les plongeurs A. et G. et avec les radiesthésistes milanais ? Et en cas de réponse positive, as-tu quelque chose à me dire à ce sujet ?" »

R. : « Oui, j'étais avec vous. Je sais que A. et G. sont conditionnés par celle qu'ils appellent Maîtresse. Dommage. Eux, je les sentais spirituellement proches, mais ils ne peuvent s'opposer à la volonté de cette entité. Ils ne doivent pas se laisser influencer. »

La réponse est surprenante. En effet, à la réunion à laquelle j'ai fait allusion A. et G., agissant évidemment de façon concertée, avaient adopté une position étrange. De fait, tout en se déclarant absolument convaincus que le corps d'Andrea se trouvait bien à cet endroit, ils soutenaient, quasi au nom de Dieu, qu'il fallait le laisser où il était et abandonner toutes les recherches. Ils s'étaient déclarés opposés à participer à toute tentative ultérieure pour récupérer le corps. A un certain moment, ils avaient même laissé entendre que leur décision était déjà prise en ce sens. In extremis, ils n'étaient pas contre le fait de collaborer en se rendant sur place pour indiquer où s'étaient arrêtées leurs investigations. Il est significatif que G. m'ait demandé de poser la question suivante à Andrea par l'intermédiaire d'Anita : « Au nom de Dieu, dois-je accepter que ton corps ne soit pas trouvé ? » Je souligne que durant un bref entretien avec U.M. chez C. et lors d'un autre plus long avec L. sur le chemin de la gare, tous deux ont exprimé l'opinion que cette position des deux plongeurs était due au fait que, par l'intermédiaire d'une médium qu'ils fréquentent, ils auraient demandé l'avis d'entités qu'ils nomment Maîtres et seraient influencés par elles.

Je demande alors :

« Puisque G. et A. soutiennent que nous devons laisser ton corps où il se trouve et comme d'autre part tu nous as fourni des données précises quant à son emplacement, ne crois-tu pas qu'il soit préférable, au lieu d'insister auprès de G. et A., que nous fassions appel à d'autres personnes, ayant notre confiance comme G.V., prêtes à exécuter mes instructions sur la base de tes indications ? »

R. : « En ce cas, oui. »

Moi : « Le plongeur G. désire que je te demande si les morceaux de brique, de ciment et autres détritus qu'il a trouvés, ont été jetés avant ton arrivée ou après ? »

R. : « Après. »

Moi : « Andrea, pardonne mon insistance. T'est-il donné de savoir et de nous dire si la prochaine fois que nous viendrons pour recueillir ton corps, nous aurons la grâce d'en retrouver une partie de sorte que nous puissions faire intervenir les autorités en vue de le récupérer totalement ? »

R. : « Je l'ai toujours espéré, chaque fois. Je vous dis que ma récupération est certaine. Quand, je ne le sais pas. »

Moi : « Merci Andrea et excuse-moi pour le dérangement. Peux-tu nous adresser quelques paroles de salut ? »

R. : « Ceci n'est pas un dérangement, mais un plaisir. Vous ne devez jamais désespérer. Je vous suis et vous accompagne toujours. Je vous aime, mes très chers. Je suis avec vous. »

Procès-verbal du 17 juin 1983

Moi : « U.M. m'a téléphoné de Milan. Il te fait demander si tu peux répondre aux questions suivantes :

1. « Qui lui a donné le message de dimanche après-midi et quel est le nom de la personne qui l'a écrit ? Es-tu en mesure de répondre ? »

R. : « Oui. Le message a été donné par moi en partie. Qui l'a écrit, U. le sait déjà. Pourquoi me le demande-t-il ? »

Moi : 2. « Le message que U. a reçu le mardi 15 juin au soir provenait-il de toi ? Entièrement de toi ? Et dans l'affirmative, que voulais-tu lui dire ? »

R. : « Entièrement de moi. Je voulais lui témoigner ma gratitude, lui dire de continuer dans cette voie, de ne pas se décourager lorsque des difficultés se présentent et l'embrasser très très fort comme un frère qu'il est pour moi. »

Moi : « Nous ne voulons pas abuser de ton temps. Cependant nous te disons de tout cœur au revoir et à bientôt. »

R. : « Au revoir, façon de parler, parce que tu le dis au corps, mais mon âme est toujours avec vous. »

Moi. : « Que veulent dire ces mots après "parce que" ? »

R. : « Tu le dis au corps. »

Je termine en disant : « Merci beaucoup, beaucoup. »

Procès-verbal du 28 juin 1983

Moi : « Mardi 21 juin au soir, nous avons trouvé dans "Il Giornale Nuovo" une tache rouge inexplicable. Es-tu au courant et, en cas de réponse positive, quelle est son origine ? »

R. : « Ce n'est pas du vrai sang. C'est un signe que je vous ai laissé à l'instant même où j'envoyais le message promis à Umberto. »

Moi : « Pour nous documenter sur ce signe extraordinaire, devons-nous faire soumettre la tache rouge à des examens et, en ce cas, que devons-nous dire ? »

R. : « Rien, c'est un signe entre nous. »

En vue d'illustrer ce qui précède, je dois relater que le mardi 21 juin au matin, Bianca avait lu un peu « Il Giornale Nuovo » et l'avait feuilleté jusqu'à la dernière page. Le soir, après le dîner, installée dans le fauteuil, elle l'avait repris puis l'avait remis sur le divan, où il se trouvait précédemment. Plus tard, elle l'avait encore parcouru puis l'avait déposé toujours au même endroit.

Peu de temps avant d'aller dormir, vers vingt-trois heures, elle le reprit une troisième fois et remarqua immédiatement une grosse tache rouge, couleur de sang, ayant la forme d'un demi-cercle de quatre centimètres de diamètre et d'environ deux centimètres de profondeur. Cette tache se répandait à partir des pages du milieu et allait en diminuant sur les pages suivantes. Nous l'avons touchée. Elle semblait humide, mais ne salissait pas. Nous avons examiné attentivement si Bianca avait pu, d'une façon quelconque, provoquer cette tache ou encore si l'endroit où le journal avait été posé était responsable de cette marque. Rien, absolument rien. Le lendemain la tache était toujours la même, aussi bien par son apparente humidité que par sa couleur vive du sang.

Nous avons mis le journal de côté ce soir-là sans réussir à nous expliquer ce fait étrange.

J'ai pensé aujourd'hui poser la question ci-dessus dans l'imminence d'une visite de Madame Anita.

Nous avons repris le journal. La tache était toujours parfaitement identique aussi bien en ce qui concerne la vivacité de sa couleur que son humidité manifeste mais sans aucune ondulation de la feuille, comme il arrive nécessairement lorsque sèche une tache liquide.

Les réponses qui précèdent nous ont évidemment très surpris.

Moi : « As-tu un message final à nous donner ? »

R. : « Tu croyais que je ne te l'aurais pas donné. Quand finirez-vous de vous tourmenter ? Je sais que vous désirez me récupérer. Vous faites tout pour cela. Mais vous devez savoir que pour nous ce n'est pas important. Je vous aime. Je vous enverrai un autre signe. Ne soyez pas impressionnés. Ciao maman, ciao papa, de gros baisers à tous. Merci. »

Procès-verbal du 30 juin 1983

Moi : « Andrea, si cela t'est permis, peux-tu me faire savoir si dans l'au-delà tu as eu l'occasion de voir ou de rencontrer ton frère Paolo ? »

R. : « Mais certainement ! Quelle question ! Paolo fait partie de ceux qui m'aident dans cette entreprise. » Suivent une pause brève et puis les mots : « Papa, ciao, Paolo [1]. »

U.M., qui est présent, demande s'il peut poser une question mentalement.

R. : « Oui, oui. »

U.M. s'exécute.

R. : « Mais crois-tu me prendre en défaut, gros malin ? »

1. Paolo était mon fils aîné mort le 5 février 1939 à l'âge de deux mois. Je suis enthousiasmé par ce message aussi inattendu qu'imprévisible.

Nous interrogeons U.M. pour savoir quelle était sa question. Il dit que c'était une chose personnelle. Nous n'insistons pas.

Je demande alors :

« Veux-tu, en conclusion, nous donner un message final ? »

R. : « Cela me fait plaisir de vous voir ; moi aussi je suis avec vous. Je ne veux pas conclure sans dire à U., oui, oui, oui. A maman, un tout gros baiser, papa un baiser à toi aussi. Une embrassade collective à tous présents ou absents. Bravo papa. Ce que tu dis est juste. Tu ne sais pas combien tu es près de la Vérité. Ciao. »

Je crois, à ce propos, devoir noter ce qui suit.

Pendant qu'Anita était en train d'écrire ce message assez long, je faisais un commentaire sur le bonheur qui pourrait en découler pour les hommes s'ils avaient conscience de l'existence réelle de la « Communion des Saints », c'est-à-dire entre les vivants et les morts. Je faisais ensuite allusion à l'énorme bénéfice pour l'humanité que représente l'Église catholique répandue dans le monde entier, avec à la disposition des hommes ses prêtres toujours prêts à leur apporter fraternellement l'aide matérielle et spirituelle. J'avais également fait remarquer que cet énorme bénéfice n'est généralement pas compris et apprécié à sa juste valeur par les hommes, probablement par péché d'orgueil, péché fondamental qui les empêche de se soumettre à d'autres hommes.

Pendant ou immédiatement après le message, je ne m'en souviens plus, j'avais exprimé également que si nous avions le bonheur de trouver le corps d'Andrea (et nous en étions convaincus), nous aurions le devoir impérieux de nous mettre à la disposition de l'Église catholique pour qu'elle examine s'il ne fallait pas considérer cet événement extraordinaire comme une preuve de l'authenticité des dogmes de l'Immortalité de l'âme et de la Communion des Saints.

Procès-verbal du 7 juillet 1983

Moi : « U. a reçu le message suivant de Madame G.C. de S.V. : "Ne pleurez pas de voir tout ce monde parler de votre fils Andrea et ne le tourmentez plus avec vos larmes. Je sais que la mort laisse toujours derrière elle une indicible amertume et un grand vide dans le cœur. Mais la vie est un don de mon Père à Ses créatures et c'est pour vous un insigne devoir que de vivre pleinement de l'amour de Dieu. Considérez Andrea comme la victime d'un martyre, martyrisé par la faute du péché que le Diable a introduit dans le monde. Mais considérez-le aussi comme un bienheureux instrument entre les mains de Dieu pour faire triompher Sa Gloire par le salut de beaucoup d'âmes. Tous les vrais disciples de Jésus, qui ont eu à accomplir une tâche de Salut dans la Foi particulièrement importante et délicate, n'auraient pas vaincu s'ils n'avaient pas versé leur sang." Cela dit, je te demande : ce message provient-il d'entités positives inspirées par Dieu ou, au contraire, est-il subjectif ou éventuellement inspiré par des entités non approuvées par Dieu ? »

R. : « C'est un de mes messages et tous les messages sont approuvés par la Lumière Infinie. Mais tu connais la chance que j'ai de disposer d'autant d'intermédiaires pour communiquer avec vous. Combien de pauvres âmes n'ont pas cette possibilité ? Merci. »

Procès-verbal du 21 juillet 1983

Moi : « Sur ces trois photographies que nous te soumettons, on perçoit ton corps ? »

R. : « Oui. »

Moi : « Peux-tu nous indiquer où se trouve ton corps, sur chaque photo que nous allons te soumettre une par une ? »

R. : « Oui. »

Moi : « Sur cette photo numéro un que nous t'exposons, où est ton corps ? »

R. : « Le feutre descend du coin et délimite sur la photo le contour du corps qu'on peut y percevoir. »

Moi : « Ton corps est-il sur cette photo numéro deux que je te montre ? »

R. : « Le feutre, au lieu de descendre du bord de la photo où il est posé vers l'intérieur, écrit "non" sur la marge blanche. »

Moi : « Ton corps est-il sur la photo numéro trois ? »

R. : « Le feutre descend de l'angle et délimite sur la photo le contour du corps qu'on peut y percevoir. »

Procès-verbal du 30 juillet 1983

Moi : « Au cours des levés faits par C. hier matin à Turin, les ultrasons lui ont indiqué la présence d'un corps juste en aval du tronc où se trouvait l'arbuste qui a été coupé et dans les environs duquel nous avons déjà fait des recherches. Les os de ton corps se trouvent là ? »

R. : « Il s'agit bien de cette zone-là. »

Moi : « Le même jour, l'appareil à ultrasons de C. a signalé, avec une force supérieure, la présence d'un corps immédiatement en amont du tronc qui se trouve à environ un mètre en amont de l'arbuste, c'est-à-dire celui qui se situe à son tour à environ trois ou quatre mètres en amont du tronc précédent. Les os de ton corps sont-ils là ? »

R. : « Ils étaient près de moi, très près. »

Moi : « Alors, il faut creuser là où l'appareil le signalait, près de l'arbuste ? »

R. : « Oui, mais en élargissant le champ. »

Moi : « En l'élargissant vers l'amont ? »

R. : « Tout autour. »

Moi : « Les os de ton corps se trouvent à quelle profondeur du niveau extérieur du terrain, à savoir où l'on met les pieds ? »

R. : « Quelques mètres. Peut-être un ou trois. »

Moi : « Mais du point extérieur d'où on entend les sons jusqu'à ton corps, quelle profondeur y a-t-il ? »

R. : « J'ai compris. Toi tu ne comprends pas. Les mesures je ne les vois pas comme vous. Tu as déjà eu les preuves. »

Moi : « Les os de ton corps, à quelle profondeur se trouvent-ils dans le terrain, à partir du bord du fleuve ? »

R : « Mais comme vous connaissez ce point-là, creusez jusqu'à ce que vous me trouviez. Je vous assure que j'y suis. »

Moi : « G. et C. ont trouvé, à une trentaine de mètres en amont du second tronc, le sac en plastique qui est devant nous. Il contient de la terre et s'étire sur une longueur d'environ cinq mètres cinquante. Ils considèrent qu'il s'agit du sac qui a servi à lester ton corps et qui se serait dégagé de lui. Cette pièce a-t-elle effectivement quelque chose à voir avec toi ? »

R : « Ils m'avaient lié dans ce sac et jeté dans le Pô. Ensuite je suis resté empêtré dans les branches. Une nuit de forte pluie, le sac a été arraché du corps. Ce dernier ainsi libéré fut emporté par le courant jusqu'à l'endroit où il se trouve maintenant. »

Procès-verbal du 16 août 1983

Moi : « Es-tu en mesure de savoir si, par voie d'assèchement, nous pourrons récupérer ton corps ? »

R : « Cela devrait être certain, mais la Lumière Infinie ne m'a pas donné de signe à ce sujet. »

Moi : « Alors tu ne sais pas non plus si oui ou non on pourra récupérer ton corps prochainement ? »

R : « Non, je sais que cela se fera mais je ne sais pas quand. »

Moi : « Si les autorités n'acceptaient pas de procéder à l'assèchement de la partie du Pô qui nous intéresse ou qu'un tel assèchement ne devait pas aboutir au résultat escompté, que devrions-nous faire alors étant donné que nous serions vraiment désorientés ? »

R : « Nous étudierons cette éventualité lorsque cela s'avérera nécessaire. »

Moi : « Les trois photographies prises par C., sur lesquelles on perçoit un corps humain et, sur l'une d'elles, une tête et un cou, sont un signe que tu nous as donné ou un effet photographique naturel ? »

R : « C'est l'œuvre de la Lumière Infinie. Je te l'ai dit que c'est beau d'être Son ami. »

Moi : « Outre les deux photographies que tu as entourées avec le feutre en disant qu'elles te représentaient, la troisième photo, sur laquelle on peut voir la tête et le cou, te représente aussi ? »

R : « Oui, maman devrait me reconnaître. »

A noter que quand nous avons vu ces photos pour la première fois, ce fut Bianca, en effet, qui s'en aperçut et déclara que la photo reproduisait la forme de la tête et du cou d'Andrea. A ce propos, je rappelle, à titre de confirmation, que le 21 juillet à Turin, quand nous avons soumis trois photos à Andrea pour qu'il nous indique si son corps s'y trouvait, nous ne lui avons pas montré la photo précitée, parce que U., qui les avait apportées, ne s'était pas encore rendu compte qu'une des photos représentait une tête et un cou qui furent reconnus plus tard par Bianca.

Moi : « Alors, les trois photographies te représentent toutes ? »

R : « Ce ne sont pas des photos réelles. »

Moi : « Et la photo sur laquelle on voit comme un arbuste au-dessus de toi est réelle ? »

R : « Celle-là sert à prouver la présence des racines. »

Moi : « Lorsque tu dis que les deux autres ne sont pas réelles, qu'entends-tu par là ? »

R : « Elles ne respectent pas la réalité de l'état de mon corps, mais seulement sa présence. »

Moi : « Merci infiniment, Andrea, pour tout ce que tu nous as dit et excuse-nous de t'avoir retenu et mis à contribution aussi longtemps. »

R : « Je vous comprends et vous remercie. Tout ceci est difficile et pénible. Je le sais. Mais pensez à ce que Dieu nous permet d'apprendre au sujet de la vie et de la mort. Tout cela n'est rien en comparaison. Je le sais, ce n'est pas une consolation mais les grandes et belles choses sont toujours difficiles à atteindre. Mes bien-aimés, je vous aime et vous remercie de m'aimer si fort. »

Procès-verbal du 5 septembre 1983

Moi : « Andrea, je voudrais te demander si le message que Madame G.C. a reçu à ton nom le 24 août et que j'ai ici devant moi provient de toi, entièrement ou partiellement. Est-il nécessaire et opportun que je te le lise ? »

R : « Non, je sais déjà. Seule la première partie émane de moi. Cette jeune fille capte mes messages de façon extraordinaire, mais ensuite par excès de Foi, elle se laisse prendre la main. »

Moi : « Andrea, le point où il est dit de toi que tu es mort pour la Vérité, est-il de toi et dans l'affirmative à quoi te réfères-tu avec cette expression ? »

R : « Oui. Je me rapporte à ce que je vous ai déjà dit. »

Moi : « Peux-tu expliciter à quoi tu fais allusion dans ce que tu as dit ? »

R : « A ce pourquoi j'ai toujours été destiné. »

Moi : « Je te remercie de tout mon cœur pour ce que tu nous as dit. Nous chercherons à être dignes de toi. »

R : « Mes très chers, dans la courte vie que j'ai passée avec vous, je n'ai jamais assez remercié la Lumière Infinie de m'avoir donné des parents aussi dignes que vous. Baisers infinis. »

Procès-verbal du 5 octobre 1983

Moi : « Andrea, je pense que tu es en mesure de connaître le travail auquel on est occupé à Turin pour isoler le secteur du Pô. Ton corps se trouve-t-il vraiment dans l'endroit qu'ils s'apprêtent à sonder ? »

R : « Oui papa. »

Moi : « Le travail d'isolation du secteur du Pô où se trouve ton corps est-il bien fait, ou bien, recouvre-t-on aussi ton corps, entièrement ou partiellement, avec la terre jetée pour faire la digue ? »

R : « Non, où se trouve mon corps c'est comme avant. »

Moi : « As-tu quelque indication à nous fournir sur la manière de mener les travaux ou sur les outils à utiliser ? »

R : « Tout ce que vous avez prévu est bon. Je vous recommande : tout le monde des bottes. »

Moi : « Pour t'atteindre plus vite, est-ce bien de procéder de bas en haut ou vice versa ? »

R : « De la berge vers le milieu. »

Réponses reçues les 7, 8, 9, 10 et 11 octobre 1983
(à Turin, au parc Valentino)

Il s'agit des jours pendant lesquels, la petite digue servant à isoler le secteur étant terminée, des tentatives infructueuses furent faites pour assécher le bassin carré.

Ces jours-là les procès-verbaux ne furent pas faits régulièrement car j'étais occupé à suivre l'évolution de la situation. Beaucoup de questions ont donc été posées à Madame Anita par des amis présents sur les lieux ou plusieurs fois par des personnes qui travaillaient dans le bassin. Par conséquent, les messages étaient transmis à la chaîne.

Lorsque l'intervalle de temps entre les questions était trop long, Madame Anita les faisait précéder par les deux interrogations habituelles, à savoir si son père l'assistait et si Andrea était disponible pour répondre. Ceci pour justifier les deux « Oui » entre parenthèses qui précèdent plusieurs réponses.

Où et quand cela a été possible, il a été pris note des questions et de qui les posait.

Et voici le texte des réponses reçues ces jours-là :

« (oui oui) Entre E. et C. travailler en équipe.

Oui je suis dans la partie où ils sont occupés à travailler. De grosses racines vers la berge.

D'où ils sont vers la berge. Déplacez le tronc.

(oui oui) Vers la berge; tenez compte que deux racines sont au-dessus de moi.

J'attends moi aussi [1].

(oui oui) Je ne puis indiquer l'endroit exact. Je suis dans le rayon des trois arbustes.

Le travail accompli de cette façon est très difficile.

Aujourd'hui je pense que la récupération n'aura pas lieu mais pas de votre faute; ce sont les moyens qui ne conviennent pas. Le travail doit être fait à sec. Insistez pour qu'on renforce la digue.

(oui oui) Le... sera fait; l'endroit est bien celuici : vous m'êtes tous passés dessus mais tant qu'il y a de l'eau on ne fait rien. Renforcez la digue. Je ne peux rien dire d'autre; je suis angoissé moi aussi.

(oui oui) Dans la vase qui se trouve dans l'eau où ils étaient d'abord.

(oui oui) Le puits d'eau qui se trouve au milieu en dessous de la vase. Asséchez, creusez.

(oui oui) Je veux moi aussi, je le sais, mais c'est vrai que dans toute grande entreprise il y a toujours des forces contraires qui t'empêchent d'arriver au but.

(oui oui) Sans l'eau je suis là.

Oui la clavicule est cassée, omoplate. De la main.

Oui mais asséchez.

(oui oui) Quelque chose oui; les autres sont des pierres; un morceau de mâchoire, quelques fragments d'os.

1. En dialecte de Trieste dans le texte original.

(oui oui) Il faut faire des recherches autour de l'endroit indiqué pour trouver éventuellement des restes de mon corps, mais pour me récupérer, d'autres moyens sont nécessaires, entre autres travailler au sec.

Certainement non; j'avais dit depuis longtemps déjà de continuer avec des moyens techniques. Notre but est la récupération du corps mais son état de conservation ou de désagrégation n'a pas d'importance. Je ne sais pas comment je serai récupéré, mais je le serai.

(oui oui) Tout ce que j'avais à dire, je l'ai dit. Je pense que oui, tout ceci ce sont des affaires banales, terrestres. Vous cherchez à décider ce qui vous semble le mieux pour vous. Comment sera récupéré mon corps n'a guère d'importance. Dans cette entreprise, vous êtes tous utiles indistinctement.

(oui oui) Papa, il est inutile de toujours poser les mêmes questions. Nous aussi, nous sommes conditionnés pour pouvoir répondre quelquefois. Nous ne sommes ni des magiciens ni des devins. Nous espérons comme vous. Toi et les autres vous faites déjà tellement et avec volonté [1].

(oui oui). Tu l'auras aujourd'hui. Le travail est long mais moi je suis près de toi.

(oui oui) Nous sommes tous avec vous [1] (réponse du père d'Anita).

(oui oui) Non la racine me protège; arrachez la racine; de l'autre terre s'est éboulée au-dessus; déjà tout dit; l'eau; enlevez l'eau de la terre se trouvant au-dessus, s'il n'y a pas d'eau, oui.

(oui oui) Je ne le sais pas; cette attente est dure pour moi aussi; cela m'est difficile.

(oui oui) Non.

(oui oui) Non.

1. En dialecte de Trieste dans le texte original.

Je pourrais, mais je me sens confus. Je ne le sais pas. Eau ; l'eau cache ; tout ce qu'elle touche c'est moi, désormais je n'y comprends plus rien.

(oui oui) Voir pour nous signifie percevoir les sensations que vous nous transmettez.

(oui oui) Merci, je te sens tout proche, je suis avec toi, j'espère avec toi.

(oui oui) »

Je dis : « Anita continue à tenir le feutre sur le cahier. Je te prie de nous dire quand la benne fait quelque chose d'intéressant qui te concerne ou encore de nous donner des indications utiles. »

R : « ... plus vers le fond de la berge artificielle, quelques fragments s'y trouvent. Il ne faut pas te tourmenter ; malheureusement la situation est critique. D'abord le corps était compact, je pouvais signaler quelque chose ; à présent, il est dispersé un peu partout et c'est difficile pour moi et pour toi. Moi aussi j'attends un signal. »

Moi : « U. propose qu'on enlève la pompe qui se trouve près de l'endroit où l'on creusait pour essayer de sonder là aussi. Est-il souhaitable de le faire ? »

R : « (oui oui) Il faut tout tenter. »

Moi : « A présent, ils enlèvent la pompe qui se trouve près de l'endroit où on creuse et ils vont essayer de chercher un peu à la place qu'elle occupait. Si nous venons à n'y rien trouver, nous pensons considérer alors la tentative pour récupérer ton corps comme un échec et nous y mettrons un terme. Nous ne savons plus très bien ce qu'il faut faire d'autre. As-tu quelque chose à nous dire ? »

R : « (oui oui) Je ne peux m'expliquer ce qui s'est passé mais il est certain qu'au point où on en est arrivé, je te conseille de renoncer. Par la suite, dès que je recevrai une indication nous pourrons avoir l'explication de tout ceci. Excusez-moi, mais ce n'est pas de ma faute ni de la vôtre. Vous tous et moi-même, nous nous sommes toujours sentis unis pour atteindre ce but. Ne désespérez pas. Dans le pire des cas, considère cet endroit comme la tombe que tu avais projeté de faire. Sois serein, console maman et rappelle-toi toujours que moi je suis heureux. La seule chose qui compte est que je veux vous voir en paix. Gros baisers. Andrea. »

Procès-verbal du 14 octobre 1983

Moi : « Après la tentative avortée pour récupérer ton corps dans le Pô, faite du 7 au 11 octobre, devons-nous considérer que ton corps est désormais à jamais englouti ? »

R : « Certainement, maintenant vu l'état des choses, parler de ma récupération m'est très difficile. Mon corps se trouve dispersé un peu partout en dessous de toutes ces matières. Mon papa, cherche plutôt à te mettre le cœur en paix. »

Moi : « A la suite de cette tentative de récupération, ton corps s'est décomposé et a été dispersé par la benne de la grue et, en cas de réponse affirmative, quelques-unes de ses parties ont-elles été déchargées sur la berge artificielle ? »

R : « Oui, en partie. »

Moi : « A présent, es-tu à même de savoir et de dire pourquoi la tentative de récupération a avorté, alors qu'au début il était prévu qu'elle réussisse à coup sûr ? »

R : « En ce qui concerne les choses terrestres, on a fait beaucoup d'erreurs. Il fallait assécher. Celle-ci était la plus grande. Quant à la promesse de la Lumière Infinie, je n'ai pas encore très bien compris, mais je sais que le moment exact n'était pas arrivé, que d'autres choses et d'autres faits devront t'inciter à poursuivre sur la route qui nous était tracée. Pour le moment, je ne sais rien d'autre. »

Moi : « Nous sera-t-il encore permis, par la suite, de communiquer avec toi Andrea et cela pourra-t-il se passer sans porter préjudice à ta sérénité et à ton bonheur ? »

R : « Communiquer avec vous sera toujours pour moi la chose la plus belle. Au contraire, je vous en prie, ne m'abandonnez pas ; j'espère seulement que de votre part, ces communications pourront être sereines. Je le dis pour maman parce que je ne voudrais pas que sa douleur augmente. Alors, si tel était le cas, il suffirait seulement que vous pensiez à moi. »

Procès-verbal du 24 octobre 1983

Moi : « Nous sommes ici réunis avec Anita, C., M., E. et nous pensons toujours à toi avec tant d'affection. Tu as peut-être quelque chose à dire pour élucider ce qui s'est passé à Turin, lors de la récupération avortée de ton corps ou quelque chose d'autre ? »

R : « Je suis avec vous tous, moi aussi. Je vous aime bien tous. Il n'y a rien de nouveau à vous dire. Plus tard je pourrai vous dire quelque chose. Mes amis, dans la mesure du possible restez près de mes parents. Merci. Salut à tous. »

Procès-verbal du 2 novembre 1983

De chez elle et en mon absence, Madame Anita s'adresse à Andrea et lui dit :

« Ton père me charge de te dire ce qui suit :

“Mon Andrea bien-aimé, permets que je te pose une question très difficile. Elle a pour but de résoudre en moi les interrogations qui, inévitablement, ont résulté de la situation qui te concerne. Je le fais avec la conviction que tu pourras me donner ces explications que mon esprit humain ne réussit pas à trouver, afin qu'il me soit permis de continuer à espérer ce que tu nous as dit. Actuellement cela me semble au contraire avoir été démenti par les circonstances de ta récupération manquée.

La question est la suivante : Je ne réussis pas à comprendre comment concilier d'une part le fait que la Lumière Infinie t'avait donné des assurances quant à la récupération de ton corps — au point que, selon tes dires, cela constituait ta 'mission' en l'honneur de Dieu pour laquelle tu es né et mort — et d'autre part, le fait que ton corps a été disloqué par les travaux qui devaient permettre sa récupération et qu'en plus tu nous as dit de considérer désormais le site où il se trouve dans le Pô comme ta tombe définitive. Es-tu en mesure ou t'est-il permis de me donner l'explication de tout cela et de me dire si quelque chose reste valable, et laquelle, parmi les assurances reçues concernant la récupération de ton corps et ta merveilleuse 'mission'?" »

R : « Papa chéri, je comprends ton état d'âme. Moi aussi sur le coup je suis resté déçu ; mais vois-tu, moi seul peux comprendre ces choses car je fais partie du grand pâturage d'âmes qui suivent la Divine Lumière Infinie. Cependant, il n'est pas facile de les expliquer à vous les vivants. Je tenterai de le faire. Vois-tu la promesse de récupération de mon corps qui m'a été faite par la Lumière Infinie n'était valable que pour prouver au monde que la vie dans l'au-delà existe ; mais je ne suis pas le seul à être assigné à ce but. Nous devons ensemble, beaucoup d'autres et moi-même, fournir cette preuve. Dès le début, si tu t'en souviens bien, un an devait s'écouler avant ma récupération. Vous tous, et cela est compréhensible, avez voulu accélérer les choses. Moi je ne pouvais certainement pas m'adresser à la Lumière Infinie chaque fois que tu insistais avec tes questions. Et voilà d'où proviennent toutes mes indécisions. Je n'avais pas le courage de t'admonester lorsque tu insistais tellement. Cette date était fixée pour pouvoir collaborer aussi avec les autres âmes. C'est pour cela que je t'ai dit que d'autres choses devront arriver, parce que maintenant je suis mis à part et mes frères continuent leur tâche. Regarde la télévision. Puis, au moment propice, peut-être serai-je appelé moi aussi à continuer ma tâche. Je crois et j'espère avoir expliqué les choses de telle manière que tu puisses comprendre. Gros baisers de ton Andrea. »

Procès-verbal du 3 novembre 1983

Moi : « Andrea, j'ai lu la réponse que tu as donnée à Anita et je te remercie infiniment. Je t'en prie cependant, encore une explication. Quand tu dis "regarde la télévision" tu te réfères à la rubrique "Italia Sera" de la première chaîne ou à une autre et pour combien de jours et à quelle date ? »

R : « Oui, celle-là précisément. Ils sollicitent des témoignages et des informations. D'autres frères y ont collaboré et y collaboreront encore. Dans cette perspective, tes témoignages seraient indispensables ; mais jusqu'à présent je n'ai pas d'instruction à ce propos. Suis-la ; tiens-toi au courant. Au moment décisif nous verrons ce qu'il y a lieu de faire. Baisers, Andrea. »

Madame Anita, chez elle et en mon absence, interroge :

« Ton papa m'a demandé de te soumettre les questions suivantes. Il désire de toute son âme être constamment en contact avec toi et se comporter exactement comme tu le désires ou le conseilles.

Voici les questions :

"M. m'avait par le passé sans cesse encouragé à maintenir mes dialogues avec toi par l'intermédiaire d'Anita, afin de récupérer ton corps. Dans une conversation que j'ai eue dimanche avec lui, il me conseille à présent de suspendre ces entretiens en attendant que Dieu, s'il le croit utile, me fasse connaître Sa volonté d'une façon ou d'une autre. Moi, au contraire, j'ai manifesté l'intention de continuer ces contacts avec toi, non seulement pour l'immense plaisir et le réconfort que j'en éprouve mais aussi pour que tu m'indiques ce qu'il y a lieu de faire pour t'aider à remplir ta 'mission'. Quoi qu'il en soit, nous sommes tombés d'accord pour en reparler dimanche prochain. Que me conseilles-tu ?" »

R : « M., comme la plupart des gens, même s'ils sont disposés à croire à ces communications, se sentent bloqués quand ils doivent y marquer leur plein accord, parce qu'ils croient que nous en souffrons ou que la Lumière Infinie ne permette tout cela pleinement. Mais je te l'ai déjà dit une fois, ceux qui peuvent communiquer sont des privilégiés. En fait, plus il y a de contacts, plus la Lumière Infinie est heureuse. Parce que, mon papa, imagine seulement que le monde entier soit convaincu de l'existence de l'au-delà, on arriverait alors à éliminer les horreurs de la vie, car chacun voudrait élever son âme jusqu'aux plus hauts sommets. Pour cela, continue. C'est aussi un moyen d'atteindre le but fixé. »

Procès-verbal du 19 novembre 1983

Moi : « Mon très cher Andrea, nous sommes encore réunis ce soir avec les amis T. et Z. Dans notre sollicitude à ton égard, nous désirons t'envoyer nos salutations les plus affectueuses et en même temps te donner l'occasion de nous faire une éventuelle communication sur ce que nous pouvons ou devons faire. »

R : « Si tu savais le plaisir que j'éprouve à te voir ainsi que ma "petite maman" [1] entourés de l'affection de ces amis très chers. Moi, souvenez-vous-en, je suis assis parmi vous. Pour le moment, je n'ai rien d'important. Je vous aime. Cela est important, mais c'est une chose ancienne. Au revoir, mes très chers. Merci mes amis. Andrea. »

Procès-verbal du 22 novembre 1983

Madame Anita interpelle Andrea de chez elle en disant :

« Ton papa me demande de te poser les questions suivantes :

Q : "Étant donné la décrue actuelle du Pô, y a-t-il lieu que j'aille à Turin pour essayer de trouver quelque chose de toi sur la terre que nous avons remuée ou que je charge G. de le faire ? Ou que je l'accompagne ?" »

R : « Mon cher papa, pour pouvoir trouver des restes de mon corps, on devrait assécher une nou-

1. En dialecte de Trieste dans le texte.

velle fois et même ainsi, l'éventualité de retrouver quelque chose est très peu probable parce que les différents restes sont épars au fond du fleuve sous une quantité de matière. Laisse donc tomber. »

Procès-verbal du 17 décembre 1983

Moi : « Peut-être es-tu au courant que l'ami C. s'est offert de retourner à Turin pour refaire les photos à rayons infrarouges sur le Pô, où se trouve ton corps. Maman et moi l'en avons dissuadé. Au contraire, est-il peut-être indiqué qu'il y aille et, en cas de réponse positive, tout de suite ou plus tard ? »

R : « Si vous avez décidé de le faire, il faut y aller tant que le Pô est en décrue. Mais quant aux photos, il n'en viendra pas d'autres, un peu parce que le corps n'est plus compact et puis les photos n'étaient pas réelles. »

Procès-verbal du 6 janvier 1984

Moi : « Cher Andrea, nous avons assisté hier à une émission de télévision dans laquelle on parlait entre autres des rapports avec l'au-delà. Peut-être fait-elle partie des préparatifs à la “mission”, auxquels tu avais fait allusion ? »

R : « Pas directement, pourtant c'est un maillon de la chaîne, c'est-à-dire qu'elle appartient à ce qui devra suivre. »

Procès-verbal du 19 janvier 1984

Moi : « L'émission "Blitz" et "Italia Sera" de la semaine dernière sur la parapsychologie sont-elles en relation avec le moment où tu pourras accomplir ta "mission" ? »

R : « Tu devras te mettre en rapport avec l'amie Paola. »

Moi : « Qui est cette amie Paola ? Où puis-je la trouver ? »

R : « Giovetti, celle qui émet pour "Italia Sera". »

Procès-verbal du 29 janvier 1984

Moi : « La dernière fois que nous avons parlé avec toi, tu m'as dit que je devrais me mettre en rapport avec Paola Giovetti. Convient-il que je le fasse immédiatement ou bien par la suite ou quand tu me le diras ? »

R : « Je pense qu'il vaudrait mieux attendre ; pas très longtemps je crois : peut-être un ou deux mois. »

Moi : « Quand je me mettrai en rapport avec Paola Giovetti, que devrai-je lui dire ou lui demander ? Faudra-t-il que je lui parle des contacts que j'ai avec toi ? »

R : « Certainement, tu dois tout raconter du début de ma disparition jusqu'à la fin, ainsi que tous mes messages. »

Moi : « Si j'ai bien compris, je dois donc lui demander rendez-vous en disant que je veux la mettre au courant d'un cas de communication avec l'au-delà présentant un intérêt particulier ? »

R : « C'est bien ainsi, mais fais-le personnellement. »

Procès-verbal du 23 mars 1984

Moi : « Andrea, crois-tu possible de nous donner, dans un proche avenir, un autre signe comme celui de la tache rouge dans "Il Giornale Nuovo", de sorte que les autorités ecclésiastiques puissent se rendre compte que les réponses viennent bien de toi et qu'elles soient capables de distinguer celles autorisées par la Lumière Infinie de la masse des messages simulés ou faux provenant de différents médiums ? »

R : « Cela pourra arriver quand la Lumière Infinie le jugera opportun et me donnera sa permission. »

Moi : « Le moment est-il arrivé de pouvoir faire quelque chose pour t'aider afin que ta "mission" s'accomplisse et dans l'affirmative que peut-on faire ? »

R : « L'enquête en cours a retardé ce moment ; autrement, il était déjà temps de faire ce que je t'avais dit, c'est-à-dire te mettre en rapport avec Paola. »

Moi : « Est-il souhaitable que je cherche alors à faire suspendre l'enquête en cours et à donner le feu vert à tout ce qui est utile à l'accomplissement de ta "mission" ou, au contraire, faut-il que je laisse l'enquête continuer ? »

R : « Qu'elle suive son cours, pas tellement pour découvrir les coupables, mais pour avoir la preuve que mon corps est là. »

Procès-verbal du 14 avril 1984

Moi : « Mon très cher Andrea, ce soir nous te dérangeons seulement pour t'envoyer un salut très affectueux et te demander si le moment est arrivé que je fasse quelque chose pour toi et pour ta “mission” et, en cas de réponse affirmative, quelle chose ? »

R : « Oui. Mets-toi en rapport avec Paola Giovetti, expose-lui le cas le plus simplement du monde sans cependant négliger les choses importantes eu égard au but que nous devons atteindre. »

Procès-verbal du 11 mai 1984

Moi : « Je ne sais pas si tu es au courant. A Pâques, je suis allé avec maman à Medjugorje en Yougoslavie où des jeunes gens prétendent avoir tous les jours une apparition de la Sainte Vierge, avec laquelle ils conversent. Nous avons demandé à quelques-uns de ces voyants d'intervenir pour toi auprès de la Sainte Vierge. Ils nous ont dit qu'elle avait répondu et qu'elle nous recommandait de prier et de jeûner. Estimes-tu pouvoir dire quelque chose à ce propos ? »

R : « Il ne m'est pas revenu que la Dame Céleste ait reçu des messages qui me concernent ; parce que dans ce cas, nous sommes appelés et devons être présents. »

Moi : « Mon Andrea adoré, je te quitte aujourd'hui en t'embrassant spirituellement de tout mon cœur et dans mon esprit et je souhaite de toute mon âme voir venir le jour où je pourrai être utile à ta “mission”. »

R : « Tu le seras papa chéri. Moi aussi je t'embrasse et je t'aime. Des baisers à maman pour moi. Je salue tous ceux qui me sont chers et tous mes amis. Andrea. »

Procès-verbal du 28 juillet 1984

Moi : « Mon très cher Andrea, sais-tu pourquoi je ne me manifeste plus à toi depuis si longtemps ou dois-je te le dire ? »

R : « Certainement que je le sais. »

Moi : « Je me demande si dans ton état tu es à même de voir qui se trouve ici près de moi [1], outre Anita et son mari C., ou bien dois-je te le dire ? »

R : « C'est un frère qui a beaucoup plus de Foi que toi en tout ceci. »

Moi : « Sais-tu quelle est sa profession ? »

R : « Il sert l'Église. »

Moi : « M.S., ici présent, désirerait savoir où tu as trouvé la couleur rouge avec laquelle tu as produit la tache de même couleur dans "Il Giornale" du 21 octobre 1983, pour nous donner un signe de toi, comme tu nous l'as communiqué. »

R : « Je te dirai que ce signe je vous l'avais envoyé pour susciter en vous la Foi en tout ceci et rien d'autre. A présent tu me demandes comment ; ce fut l'œuvre de la Lumière Infinie comme les photos. Personne n'a jamais cherché à savoir comment on fait un miracle. »

Procès-verbal du 31 juillet 1984

Moi : « Mon Andrea bien-aimé, as-tu quelque instruction à me donner concernant l'accomplissement de ta "mission" ? »

R : « Cher papa, tu le sais mieux que moi qu'il faut avoir la Foi pour obtenir ce que l'on désire. Par conséquent, comment peux-tu convaincre

1. La personne présente à qui je fais allusion est un prêtre expert en parapsychologie.

ceux qui ne croient pas si, toi aussi, tu n'as que peu de Foi en tout ceci ? Rappelle-toi que la Lumière Infinie m'a fait une concession très importante pour vous donner ces signes. Mais je sens toujours en toi de l'incrédulité. Il ne faut pas le nier, tu as en toi un remords de communiquer avec moi si tu dois demander conseil à des gens qui n'entendent rien à la Lumière Infinie. La religion c'est tout différent. »

Moi : « Andrea, as-tu autre chose à me dire ou une suggestion à formuler sur ce que je dois faire ? »

R : « Croire en moi et t'adresser à Paola. Papa, il ne faut pas m'en vouloir pour ce que je t'ai dit, mais je désire te voir confiant. Alors, peut-être atteindras-tu le but. »

Procès-verbal du 3 août 1984

Moi : « Très cher Andrea, je suis certain que tu es conscient du fait que l'Église fait à ses fidèles l'obligation de prudence lorsqu'ils reçoivent des messages de l'au-delà, étant donné qu'ils ne voient pas l'entité avec laquelle ils sont en communication. Tu sais aussi que je désire rester strictement dans les limites fixées par l'Église. A cet égard, je dois tenir compte, par exemple, de ce qu'affirme saint Jean dans l'une de ses épîtres : "Bien-aimés, ne vous fiez pas à tout esprit, mais éprouvez les esprits pour voir s'ils viennent de Dieu ; car beaucoup de faux prophètes sont venus dans le monde. A ceci reconnaissez l'esprit de Dieu : tout esprit qui confesse Jésus-Christ venu dans la chair est de Dieu, et tout esprit qui ne confesse pas Jésus, n'est pas de Dieu." Je t'en prie de tout mon cœur, dis-moi clairement quel est ton avis sur cette question. »

R : « Sur ce sujet, je peux tout confirmer. En effet Jésus, c'est-à-dire la Lumière Infinie, veut avec un amour infini que toutes ses brebis paissent sur le grand pré parsemé de divines paroles qu'est la Bible. »

Moi : « Tu confirmes donc que Jésus-Christ est venu de Dieu sur la terre pour prendre chair ? »

R : « Oui, je le confirme au nom du Christ. »

B. demande à Andrea de confirmer les versets 5, 6 et 10 du chapitre IX du livre de l'Ecclésiaste, à savoir :

5. « En effet, les vivants savent au moins qu'ils mourront, et les morts ne savent rien, ils n'ont plus de salaire, puisque leur souvenir est oublié.

6. Leurs amours, leurs haines, leurs jalousies, tout a déjà péri ; et ils n'ont plus jamais part à tout ce qui se fait sous le soleil.

10. Tout ce que tu trouves à entreprendre fais-le tant que tu le peux, car il n'y a ni œuvres, ni comptes, ni savoir, ni sagesse dans le séjour des morts, où tu vas. »

Andrea me répondit alors :

« Ces versets sont justes, mais il faut savoir les interpréter. C'est bien vrai qu'ici, il n'existe ni haine, ni jalousie, ni méchanceté et toutes les sensations que vous éprouvez sont des choses terrestres. Notre monde est fait de tout autre chose. Notre amour nous est donné par tout ce qui nous entoure, non seulement pour ceux que nous aimons mais aussi pour tous les méchants, parce que nous nous imprégnons de l'amour que nous donne la Lumière Infinie. »

Moi : « Dans notre entretien du 31 juillet tu me suggères à nouveau de prendre contact avec Paola Giovetti. Dois-je le faire immédiatement, malgré le dommage que cela pourrait causer à l'enquête en cours, dois-je attendre comme convenu, ou bien as-tu quelque autre suggestion à me faire ? »

R : « Pour l'instant, envoie les divers procès-verbaux pour que Paola puisse les étudier. Tu peux te fier à elle. Si tu lui demandes d'attendre, elle le fera. »

Nous nous trouvons toujours chez Madame Anita. M. et B. manifestent l'intention de poser, eux aussi, une question à Andrea après les miennes.

Anita y consent et pose mentalement les deux questions d'usage à son père pour savoir s'il l'assiste et si Andrea est prêt à répondre. Elle reçoit les deux « oui ».

Alors M. se concentre et pose mentalement une question.

Le feutre écrit :

« Celui qui veut communiquer est le fils d'Anita. Je le sens très proche, mais je n'arrive pas à sentir sa pensée ; seulement le mot "Dieu" le mien et le sien. »

M. nous informe, avant d'avoir lu la réponse, que sa question était :

« Au nom du Christ, qu'il révèle qui il est. »

Ayant lu la réponse, il se déclare insatisfait, parce qu'il s'attendait à ce que l'entité révèle qui elle était.

Anita sent le besoin de reprendre le feutre. Il écrit :

« Andrea, je suis Andrea. »

Il me semble opportun de faire remarquer que les deux fiancés M. et B. sont des adeptes actifs de l'Église adventiste et qu'ils connaissent très bien la Bible qu'ils emportent souvent avec eux. J'ai pu comprendre, en parlant avec eux, qu'ils ne croient pas au dogme catholique de la Communion des Saints et excluent toute possibilité pour les défunts d'entrer en rapport avec les vivants.

Procès-verbal du 13 septembre 1984

Anita demande ce qui suit :

« Depuis le 3 septembre, Madame S.I. se sent continuellement sollicitée, par toi ou par d'autres, pour qu'elle parle à l'avocat Lino Sardos, ton père, afin de lui demander de me téléphoner immédiatement et que je me mette en rapport avec toi pour recevoir tes messages. Hier, mercredi, dans l'après-midi, elle a parlé avec l'avocat Lino Sardos à sa rentrée de Medjugorje et il m'a fait part de tout ceci à mon retour de la montagne. Cela étant, peux-tu me confirmer si ces appels viennent de toi et si oui, qu'as-tu à me dire ? »

R : « Oui, ils viennent de moi, mais pas pour vous mettre en garde contre quelque chose qui devrait arriver comme le suppose I. Le moment est venu pour tous de collaborer à notre "mission" et de faire ce qui avait été promis. Moi, malheureusement, je perds tout espoir de faire partie de ce groupe d'élite. Tu es circonspect et méfiant dans tout ceci ; c'est pour cette raison que tu n'es pas prêt à m'aider. Voilà ce que je voulais te dire. Gros baisers. Andrea. »

Procès-verbal du 1er octobre 1984

Anita dit : « Ton père a écrit à Paola Giovetti depuis plusieurs jours déjà, mais n'a pas encore reçu de réponse. Il demande s'il est encore temps de collaborer à ta "mission" et en cas de réponse affirmative, que doit-il faire ? »

R : « Mon papa, je ne sais si tu feins de ne pas comprendre. Pour ce qui concerne ma "mission", le temps n'y est pour rien. C'est en toi que cela ne va pas bien. Toi, ce que tu veux faire pour moi, tu le fais sans conviction, tu n'es pas sûr de toi, tu es cynique comme ceux que tu devrais convaincre. Toi le bon disciple de la Lumière Infinie, tu devrais savoir que les miracles ne sont donnés qu'à ceux qui y croient fermement et non à ceux qui veulent des preuves et attendent de voir comment cela finira [1]. C'est pour cela que si tu veux continuer à agir de la sorte ne me demande pas conseil. Excuse-moi, mais je dois être sincère. Je t'aime bien. Andrea. »

Procès-verbal du 15 octobre 1984

Anita dit : « Ton père me demande de te poser la question suivante : "Mon fils bien-aimé, j'ai lu la réponse que tu as faite le 1er octobre et je dois t'avouer que je n'y comprends plus rien du tout. Jusqu'à présent, tu nous avais dit être chargé d'une 'mission' en l'honneur de Dieu, pour laquelle tu étais né et mort. Il m'avait semblé qu'à cette fin j'aurais pu t'être utile, à ma plus grande joie, cela va sans dire. Tu m'as demandé, à ce propos de me mettre en rapport avec Paola Giovetti, ce que j'ai cherché à faire et, à présent, j'attends une réponse. Je ne vois pas ce que vient faire dans tout cela mon incertitude, du reste bien compréhensible, après les résultats négatifs obtenus lors des tentatives de récupération de ton corps ; je ne vois pas qui je devrais convaincre, de quoi et comment ; je ne vois pas ce que ma Foi a à voir

1. En effet, j'avais dit à plusieurs reprises à Anita, que j'avais écrit à Madame Giovetti parce que Andrea me l'avait demandé. En tout état de cause je pensais être dans le vrai grâce à la compétence de Madame Giovetti, ensuite nous aurions bien l'occasion de voir comment cela finirait.

dans les miracles; je ne vois pas, surtout, de quelle façon je pourrais être utile à ta 'mission' si je ne te demande pas ce que je dois faire. D'autant que, désormais, je ne sais plus en quoi elle consiste, puisque tu l'as dit toi-même, la récupération de ton corps est à tout jamais impossible. C'est pourquoi je te demande : Reste-t-elle valable ton affirmation d'avoir à accomplir sur cette terre une 'mission' particulière en l'honneur de Dieu ? En ce cas, puis-je t'être utile et que dois-je faire alors ?" »

R : « Papa, mais c'est sûr qu'il y a un rapport entre tout cela, parce que je suis contraint à disposer de toi pour ma "mission". Si tu n'es pas certain qu'existe entre nous ce contact merveilleux, tout devient difficile, sinon impossible. Tu fais constamment allusion aux résultats négatifs de la récupération de mon corps; mais cela aussi est arrivé à cause de votre manque de confiance. Je le sais, pour vous les vivants, tout peut sembler excessif, inhumain, mais la Lumière Infinie veut mettre à l'épreuve ceux qui devraient être choisis dans ce but, autrement tout serait trop facile. Papa si je comprends bien, tu ne sais pas encore en quoi consiste ma "mission" : il faut faire savoir au monde entier qu'un au-delà existe, parce que c'est seulement grâce à cette conviction que l'humanité reviendrait à la Foi et vivrait en paix, en l'honneur de la Lumière Infinie. Cette tentative a déjà été faite plusieurs fois, mais toujours en vain. Voilà pourquoi ceux qui sont choisis pour cette tâche, comme moi, doivent disposer du maximum de confiance de la part de leurs intermédiaires. Ainsi, mon offre est valable, certes, mais c'est toi qui dois croire en moi. Paola ne sait encore rien, elle n'a pas lu ta lettre. Salut papa, ton Andrea. »

Anita demande : « Ton père me charge de te poser la question suivante : “Mon fils bien-aimé, la réponse que tu as faite le 15 octobre à ma question difficile et complexe, et comportant tellement de doutes et de controverses, a été pour moi vraiment extraordinaire et éclairante. Pour mener à ton côté la grande et merveilleuse bataille qu'est ta ‘mission’, je dois être comme tu dis, non seulement convaincu moi-même, mais en mesure de convaincre les autres. Pour cette raison, je te demande un éclaircissement sur un point qui, à première vue, semblerait incohérent. Voici de quoi il s'agit. Dans ta réponse du 15 octobre entre onze heures trente et midi tu as dit entre autres : ‘Paola ne sait encore rien. Elle n'a pas lu ta lettre.’ Le 16 au matin, j'ai en revanche reçu une lettre de Paola Giovetti datée du 10 octobre, dans laquelle elle déclarait avoir réceptionné ma missive la veille à Milan. Il est important que tu me donnes une explication sur cette contradiction, d'autant plus qu'elle me sera certainement réclamée lors de ma rencontre avec Paola Giovetti. Qu'en dis-tu ?” »

R : « Très cher papa, excuse-moi, mais moi je ne me rends pas compte que notre façon de voir est très différente de la vôtre. C'est pourquoi je dois avoir la patience de te l'expliquer pour que tu comprennes. Ici le temps n'existe pas. Si parfois je t'ai signalé des heures et des dates, c'est toujours en réponse à tes questions et ces réponses je te les donnais pour éviter les complications et ne pas t'embrouiller les idées. Moi, je ne sais pas à quelle date Paola a reçu ta lettre, mais certainement pas avant que tu n'aies rédigé ta question et, par là, je ne veux pas dire lorsque j'ai répondu à Anita, mais bien le moment où tu as conçu, étudié et écrit. En d'autres termes, quand au fond de toi, tu réfléchis et cherches à comprendre tout ceci, je suis avec toi et à cet instant précis je te réponds. Anita est une de mes intermédiaires. Mes réponses je te les donne à travers elle, mais c'est à toi que je réponds papa. Mais tu ne sauras jamais assez tout le bien que tu dois à Anita. Rappelle-le-toi. J'espère avoir encore une fois éclairci et chassé tes doutes. Gros baisers. Andrea [1]. »

Procès-verbal du 11 novembre 1984

Je demande : « Mon fils bien-aimé, nous sommes ici réunis avec le docteur Paola Giovetti comme tu me l'as suggéré. As-tu quelque chose à nous dire ou à nous conseiller ? »

R : « Merci, merci infiniment. Nous sommes tous heureux de cela. Je voudrais tellement que Paola pose les questions. »

Le docteur Giovetti dit : « Je suis très émue par ce premier contact et prête à aider. De quelle manière puis-je aider ? »

R : « Tu sais à qui t'adresser. J'ai tellement confiance en toi. »

Le docteur Giovetti demande : « Penses-tu que je devrais raconter toutes ces choses dans le journal ? Dois-je y intéresser d'autres personnes ? »

R : « Oui, certainement. Il faut tout raconter. Toi Paola tu dois, s'il te plaît, faire connaître à

1. J'ai contrôlé dans mon agenda. J'ai commencé à préparer ladite question le 2 octobre, je l'ai modifiée le 4 octobre et je l'ai encore remaniée avant de faire dactylographier le texte soumis à Andrea le 7 octobre.

Le docteur Giovetti — comme elle me l'a elle-même écrit — a reçu ma lettre seulement le 9 octobre. Les faits s'étaient donc déroulés exactement comme l'avait indiqué Andrea.

travers toute la presse que l'au-delà existe; mais si tu veux t'adresser à des personnes que cela intéresse, fais-le. Tu le peux, n'est-ce pas? »

Procès-verbal du 20 novembre 1984

Anita demande : « Le docteur Giovetti a écrit à ton père pour lui demander de te soumettre quelques questions. T'est-il permis et t'est-il possible de répondre aux questions qui vont suivre? »

R : « Certainement. »

Q : « Qu'éprouve-t-on au moment de la mort? Comment survient le trépas? »

R : « Je peux te dire ce que j'ai éprouvé personnellement parce que cela varie d'une mort à l'autre. Sur le moment, j'étais bien physiquement, cependant j'étais épouvanté. En fait, ma situation était mauvaise, à la merci d'individus dangereux. Quand j'ai été tué, je ne m'en suis pas aperçu, mais je voyais la scène de haut et je suivais tous les détails avec détachement, indifférence. Cela a duré un bon moment, jusqu'à ce que mon âme se soit engagée dans le long tunnel. »

Q : « Dans quelle ambiance l'âme vit-elle? Est-il possible de la décrire? »

R : « Très belle, tellement belle que c'est indescriptible. Comment peux-tu décrire les sensations? »

Q : « Peux-tu dire quelque chose de plus précis au sujet du tunnel qu'on doit traverser? »

R : « L'entrée t'attire parce que tu vois au fond du tunnel une grandiose lumière qui t'appelle; mais tu n'arrives pas toujours très vite à dépasser la lumière. Les plus heureux, comme moi, qui sont accueillis et accompagnés par des amis ou des parents, oui. D'autres au contraire doivent attendre, parfois longtemps, et cela fait souffrir parce qu'on sait qu'au-delà c'est merveilleux et qu'on désire y arriver le plus tôt possible. »

Q : « Y a-t-il vraiment un "jugement" selon la façon dont on a vécu ? Et s'il y en a un, par qui est-il fait ? »

R : « Comme je l'ai déjà dit, tout est jugé par la Lumière Infinie. Le Bien est récompensé, le Mal est puni. »

Procès-verbal du 27 novembre 1984

Anita dit : « Ton père me prie de te poser les questions suivantes si, toutefois, tu as la possibilité ou la permission de répondre. »

Q : « Mon fils bien-aimé, dans la réponse que tu as donnée à Anita le 20 courant, où je demandais simplement si deux personnes avaient fait quelque chose pour toi, après m'avoir donné le renseignement demandé, tu as ajouté : "Bravo papa." Je te demande : cette expression se référait-elle à la question posée ou à quelque chose d'autre qui me regarde et, dans ce cas, à quoi se rapporte-t-elle ? »

R : « A tout ce que tu fais en faveur de ma "mission" et aussi à ce que tu as l'intention de faire, c'est-à-dire le livre [1]. Vois-tu comme tout se déroule de façon appropriée. Vous désiriez certainement récupérer mon corps, mais si cela s'était réalisé, au point où les choses en étaient alors, tout aurait éclaté en un grand "boom"

1. Je crois devoir faire remarquer que dans les communications précédentes, je n'avais jamais fait allusion à l'idée d'écrire un livre sur les messages d'Andrea. Je n'en avais jamais parlé non plus à Madame Anita. Il s'agissait d'une idée qui m'était venue après la conversation du 11 novembre avec le docteur Giovetti et j'étais occupé à la mûrir intérieurement.

publicitaire, pas tellement favorable au but que nous avions fixé, mais bien aux médias. Et cela nous ne le voulions ni nous ni vous. Ce qui est important, c'est de faire savoir que l'au-delà existe. »

Procès-verbal du 14 décembre 1984

Anita demande ce qui suit : « Ton père me charge de t'interroger pour savoir si cela t'est possible et permis de répondre aux questions suivantes, qui lui ont été posées par le docteur Giovetti. »

Q : « Les âmes entrent-elles volontiers en communication avec les vivants ? »

R : « C'est sûr, nous nous sentons des privilégiés ; et ceux qui ne sont pas appelés cherchent à s'insérer. »

Q : « Qu'est-ce qui rend un vivant capable de se mettre en rapport avec eux, comme le fait Madame Anita ? »

R : « La force d'énergie qu'ils possèdent inconsciemment leur permet de se régler sur notre longueur d'onde. Ceci est une de vos expressions, mais c'est pour mieux te faire comprendre. Beaucoup de vivants pourraient communiquer et ne le savent pas. Dommage. »

Q : « Qu'as-tu éprouvé quand tu as compris que tu étais mort ? As-tu trouvé immédiatement quelqu'un pour t'aider ou es-tu resté seul pendant un certain temps ? »

R : « Une grande paix, aucun désir de retourner en arrière. Oui, mon ami Marco est venu m'accueillir aussitôt pour dépasser la Grande Lumière. Merci. Andrea. »

Anita : « Ton père me charge en outre de t'envoyer ses salutations les plus affectueuses et de te demander si tu as quelque chose à lui dire. »

R : « Je suis près de toi et je te stimule de toutes mes forces. Tu verras papa, je pense qu'il est certain que tout ira bien. Baisers. Andrea. »

Il faut souligner qu'en remerciant le docteur Giovetti lorsqu'on eut fini de poser les questions, Andrea prouva qu'il savait que l'interrogatoire était terminé sans que rien ne le lui indiquât.

Procès-verbal du 4 janvier 1985

Anita dit : « Ton père m'a chargée de te dire ce qui suit : "Mon fils bien-aimé, toujours dans le but de mieux me rendre compte de la cohérence de tes réponses, afin d'éviter doutes et contestations, t'est-il possible et permis de me donner les explications suivantes ?"

R : « Oui. »

Q : « De très nombreuses personnes ayant des facultés médiumniques ou feignant d'en avoir disent qu'elles communiquent avec les âmes des défunts et on peut présumer que leur nombre augmentera encore si nous publions tes messages. Pour que les âmes des vivants ne soient pas induites en erreur par de faux médiums, des entités négatives ou même diaboliques ou encore par les prétendus "esprits farceurs", je te demande : quels critères faut-il observer pour être certains que ces messages proviennent vraiment de l'au-delà et d'entités qui se comportent selon la volonté de Dieu, et n'émanent pas des médiums eux-mêmes ou d'entités négatives ou bien encore des prétendus "esprits farceurs" ? »

R : « Les entités négatives ne peuvent entrer que si on n'a pas un bon esprit guidant et si l'intermédiaire utilise ses facultés à des fins mauvaises. Les "esprits farceurs" peuvent entrer quand on pose des questions du genre : les chances de gagner au jeu ou les dates de décès. Quoi qu'il en soit, tout dépend de la façon dont sont posées les questions : à question sérieuse, réponse sérieuse, à question faite par jeu, réponse facétieuse. Il n'est pas facile pour vous d'identifier les faux médiums. C'est pour cela qu'il nous est permis de donner des preuves comme celles que je vous ai données. En outre, il ne faut jamais croire ceux qui font cela dans un but lucratif, comme s'il s'agissait d'un marché. Compris ? Gros baisers d'Andrea. »

Procès-verbal du 18 janvier 1985

Q : « Mon très cher fils, j'ai terminé la première rédaction de l'introduction du livre, dans lequel je reproduirai ensuite les principaux entretiens que j'ai eus avec toi afin d'apporter la preuve de l'existence de l'au-delà. Si tu es au courant de ce que j'ai écrit, peux-tu me dire si le travail est bien planifié et bien développé ou si, au contraire, tu as différentes suggestions à me faire ? »

R : « Papa, le plan est correct. Cherche à ne pas négliger les points importants, où il est donné de comprendre que tu travailles au nom de la Lumière Infinie. D'autres poursuivent le même but, tu n'es pas seul. En conséquence, l'événement, dont nos merveilleux entretiens constituent la trame, sera mis en corrélation avec d'autres faits similaires. »

Procès-verbal du 23 avril 1985

Q : « Mon bien cher fils, je devrais sans délai prendre la décision de faire imprimer le livre à Trieste par les Éditions Svevo de Zorzon. Elles distribueraient ensuite le livre, et les autres éventualités seraient alors écartées. As-tu quelque chose à me dire à cet égard et éventuellement quelque autre communication plus générale à me faire ? »

R : « Ce choix me semble bon parce que Monsieur Zorzon, en plus de son intérêt qu'il marque pour le livre, est une personne honnête. Gros baisers, Andrea. »

Procès-verbal du 25 avril 1985

Q : « Mon très cher fils, je me trouve dans un état de grande incertitude. Je ne sais s'il faut faire en sorte que le livre soit mis en vente en même temps que sera programmée l'émission télévisée ou bien s'il faut en retarder la vente jusqu'à l'automne prochain, de sorte qu'on parle de tes messages à des moments différents et que je puisse encore polir l'ouvrage et régler les détails de sa diffusion. Qu'en penses-tu ? »

R : « Oui papa, si le livre paraît en automne, cela coïncidera peut-être avec un autre fait analogue à celui-ci. Je te demande seulement de ne pas te créer de problèmes ni de te mettre en état d'anxiété, parce que, d'une manière ou d'une autre, cela se fera, tout adviendra selon ce qui a été fixé. Tu es un instrument de la Lumière Infinie. Je t'aime, Andrea. »

Procès-verbal du 27 avril 1985

Q : « Mon fils bien-aimé, merci de tout cœur pour tes communications et tes marques d'affection. Peut-être es-tu au courant de la conversation que j'ai eue aujourd'hui avec Monsieur Zorzon et de sa proposition de faire publier le livre par l'éditeur Reverdito de Trento de telle sorte qu'il puisse être distribué par l'organisation Rizzoli. Qu'en dis-tu ? »

R : « Je te l'avais dit que Monsieur Zorzon est une personne honnête et je crois réellement qu'avec son aide tout pourra être résolu. »

Q : « Dans ta dernière réponse, tu me dis qu'en automne ton livre coïnciderait avec un autre fait analogue. Considères-tu que ce serait un bien ou un inconvénient ? Dans le second cas, ne serait-il pas préférable de le distribuer dans les premiers jours d'octobre afin de prendre les devants ? »

R : « Certainement que cela serait un bien. Plus il y a de témoignages sur l'existence de l'au-delà, mieux c'est. Le moment favorable devrait se situer entre Crispino et Saturnino. Baisers. Andrea. »

Anita m'annonce au téléphone qu'elle a reçu les réponses et que la seconde réponse contient quelque chose d'incompréhensible.

Après en avoir pris connaissance, je ne parviens pas plus qu'elle à comprendre à quoi se rapporte cette allusion « entre Crispino et Saturnino ». Je fais observer que parmi les astres il y a bien un Saturne, mais pas de Saturnino et il ne me semble pas qu'il y ait un Crispino, que je sache.

Je propose alors à Madame Anita de poser à Andrea la question suivante.

Q : « Mon très cher fils, merci de tout cœur pour la récente réponse. Cependant, je t'en prie, explique-moi ce que signifie "entre Crispino et Saturnino", étant donné que ces deux noms ne me disent vraiment rien. »

R : « Tu as raison, excuse-moi : fin octobre, fin novembre. Vois le calendrier. »

Dès que Madame Anita me téléphone cette réponse, je regarde le calendrier de mon agenda :

le 25 octobre, c'est la saint Crépin, le 29 novembre, saint Saturnin !

Aucun de nous deux ne connaissait cela, ni de près ni de loin !

Procès-verbal du 1er juin 1985

Q : « Mon très cher fils, tu es certainement au courant que le 20 juin à vingt heures trente, sur la première chaîne de la RAI, aura lieu l'émission à laquelle nous participerons, Madame Anita et moi-même. Si, comme je le suppose, ils me suggèrent de te poser une question, es-tu d'accord que je demande simplement si tu as quelque chose à dire ? »

R : « C'est certain que je suis au courant et si vous voulez poser des questions, j'y répondrai ; cependant vous devrez n'appeler que moi, même pour des questions posées par le public. Cela ne doit pas devenir l'habituelle réunion spirite. »

Q : « En ce qui concerne les questions que je pourrai te proposer, une question générale convient-elle ? Par exemple, as-tu quelque chose à me dire ou à dire aux téléspectateurs ? Ou bien as-tu un sujet particulier à me soumettre ? »

R : « Les questions peuvent être posées par chacun ; mais tu sais, ce n'est pas une pratique régulière. En effet, je ne pourrai normalement pas intervenir entre des vivants et des âmes que je ne connaissais pas avant. Cependant, pour cette occasion, la Lumière Infinie m'a chargé d'intervenir pour tous. Ce que je pourrai ou ne pourrai pas répondre, je ne le sais pas encore. »

Q : « Je te demande en particulier si la question générale de savoir si tu as quelque chose à me dire ou à dire aux téléspectateurs convient bien ? »

R : « Oui, je pense que oui. Papa, moi non plus je ne sais pas ce que je devrai dire. »

Q : « As-tu quelques conseils particuliers à me donner pour ladite émission ? »

R : « Simplicité, naturel, calme et c'est tout. »

Procès-verbal du 5 juin 1985

Q : « Mon très cher fils, es-tu au courant de la grosse campagne menée actuellement pour obtenir la suspension de l'émission du docteur Giovetti et es-tu à même de me dire quelque chose à ce sujet ? »

R : « Oui papa, je le sais, mais par malheur, comme tu le vois, il s'agit d'une lutte très dure contre des forces mauvaises. Voilà pourquoi nous avions besoin de ta part d'un maximum de confiance et de personnes comme Paola. Par le passé, d'autres nombreuses luttes, comme celle-ci, ont été menées contre le Mal, inutilement, mais ils sont tous disposés à croire au Mal. Au contraire, ils deviennent tous sourds aux messages d'amour. Pourquoi ? Parce que la plus grande partie de l'humanité a semé en elle le germe du Mal et c'est notre devoir de l'en extirper. »

Q : « Le docteur Niccolini, journaliste, voudrait consacrer à l'émission et au livre qui te concernent un article dans "Il Piccolo" du dimanche 16 juin. Es-tu d'accord et est-ce bien que j'y collabore ? »

R : « Oui, je suis d'accord et je suis heureux que tu l'aides en cela. Tu vois papa, comme il se trouve toujours quelqu'un qui se donne de la peine pour nous. Par conséquent, le Bien peut vaincre le Mal. »

Q : « Mon très cher fils, estimes-tu préférable que pendant l'émission de la RAI-TV du 20 juin les questions te soient posées par moi ou par le docteur Giovetti ou bien t'est-il indifférent que ce soit quelqu'un parmi le public qui t'interroge ? Dans ce second cas, devons-nous limiter l'objet et dans quel sens ? »

R : « Par toi ou par Paola et si quelqu'un dans le public veut intervenir, que sa question soit posée par votre intermédiaire ; mais uniquement des choses sérieuses, pas des banalités. »

Q : « Qu'en penses-tu, si lors de cette émission je te posais une question ayant pour but de mettre le public en garde contre les messages néfastes, tant sur le plan spirituel que sur le plan matériel ? La question pourrait être à peu près celle-ci : "Peux-tu nous donner des conseils sur les précautions à prendre, lorsqu'on a recours à des médiums, pour éviter d'être induits en erreur par des communications ne provenant pas réellement de l'au-delà ou par des messages non approuvés par la Lumière Infinie ?" »

R : « Ne l'as-tu pas déjà expliqué dans le livre ? Que Paola le dise après la démonstration d'Anita, parce que je ne crois pas qu'on disposera de beaucoup de temps. Baisers, Andrea. »

Procès-verbal du 20 juin 1985

Le 20 juin 1985 à vingt-deux heures vingt dans les locaux de la première chaîne de la RAI, à la foire de Milan pendant l'émission en direct « Mister O », Madame Anita demande mentalement à son père s'il l'assiste.

R : « Oui. »

Elle demande, en outre, si le fils de l'avocat Lino Sardos est présent et disponible.

R : « Oui. »

Madame Anita dit mentalement : « Ton père te demande si tu as quelque chose à lui dire ou à dire à l'assistance ? »

R : « Papa, excuse-moi, mais je dois m'adresser aux autres et spécialement aux sourds qui ne veulent pas entendre. Qui sèmera le Mal récoltera le Mal, qui sèmera le Bien, récoltera le Bien. »

Un petit dessin apparaît ensuite, suivi de la signature d'Andrea.

L'émission à peine terminée, Madame Anita, installée dans une petite pièce adjacente, demande une nouvelle fois à son père s'il est prêt à l'assister.

R : « Oui. »

Elle demande si le fils de l'avocat Lino Sardos est présent et disposé à répondre.

R : « Oui. »

Alors Anita lui dit : « Ton père te demande ce que signifie le dessin que tu as fait pendant l'émission de la RAI-TV. »

R : « Papa, comme tu l'as vu, le temps était limité. Le dessin montre l'œil de Celui qui sait et voit tout, la Lumière Infinie. Andrea. »

Procès-verbal du 22 juin 1985

Q : « Mon fils bien-aimé, la personne amie ici présente a de gros problèmes. Peut-être t'est-il possible de lui dire quelque chose ? »

R : « Papa, je ne puis m'adresser directement à ce frère ; je ne puis qu'émettre une opinion tout à fait générale. Rappelle-toi que même dans les plus mauvais moments la Lumière Infinie est toujours proche de vous. N'abandonnez jamais la

Foi; et si la Foi vous abandonne, vous recevrez encore plus de lumière; parce que quand vous aurez surmonté l'épreuve, vous aurez place parmi les élus. Andrea. »

Procès-verbal du 24 juin 1985

Q : « Mon très cher fils, une dame de Monfalcone m'a téléphoné pour me dire qu'elle avait reçu des messages provenant de toi. Ces messages décrivent les circonstances de ta mort et l'endroit où se trouve ton corps et l'autorisent à s'en rapporter à moi. Mais les informations qu'elle fournit sont différentes de celles que tu m'as données. Que peux-tu me dire à ce sujet ? »

R : « Certainement papa, de multiples personnes peuvent, comme Anita, jouer les médiums ; cependant, elles doivent rester attentives car elles risquent de se laisser influencer par un phénomène qui les pousse à donner libre cours à leur fantaisie. La personne qui dit avoir reçu des messages de ma part à ton intention est de celles-là, sans aucun doute. D'autres forces peuvent aussi se manifester qui permettent aux âmes de ceux qui le voudraient d'entrer en communication avec des êtres chers. Moi, certainement pas, je n'ai pas besoin de m'insérer. Il faut cependant l'aider et la mettre en garde. Andrea. »

Procès-verbal du 11 juillet 1985

Q : « Samedi 29 juin, je suis allé à Monfalcone rendre visite à la dame qui prétendait recevoir des messages de toi. Tu m'avais recommandé de l'aider à être prudente. A cette occasion, sa fille a reçu un message par lequel tu aurais approuvé ce que j'avais dit. Ce message provenait-il de toi ? »

R : « Non papa. »

Q : « J'ai reçu le 6 juillet une lettre de cette dame, à laquelle était jointe la copie de deux messages. Ils semblent émaner de toi. Un de ces messages est adressé à maman et l'autre à moi. Sont-ils de toi, entièrement ou partiellement ? »

R : « Papa, cette dame invoque ma présence ; c'est pourquoi une part de moi-même entre en harmonie avec elle ; ce ne sont que des sensations, mais pas des pensées. Je m'explique : elle peut capter, par exemple, l'amour que je ressens pour vous et pour mon prochain, mais pas des choses que je veux communiquer. »

Q : « Toujours en ce qui concerne ladite dame de Monfalcone, tu me conseilles de garder le contact avec elle et dans ce cas quel comportement me conseilles-tu ? »

R : « Pour ce qui se rapporte à ma "mission", elle n'entre pas en ligne de compte, parce que alors tout ceci revêtirait un aspect peu crédible. Elle a sans doute des facultés médiumniques, mais comme il y en a beaucoup. C'est pour cela qu'il faut laisser tomber. »

Q : « Une dame m'a montré différents messages qui me sont adressés qu'elle a reçus par l'écriture automatique. Sont-ils bien de toi, en totalité ou en partie, et en tout état de cause quel comportement me suggères-tu à son égard ? »

R : « Laisse tomber. »

Q : « Une autre personne affirme avoir capté quelques paroles au moyen d'un magnétophone et elle est convaincue qu'elles proviennent de toi. Est-ce vrai et, d'une façon générale, quelle attitude dois-je adopter ? »

R : « Mon papa, si tu donnes audience à tous

ceux qui se déclarent médiums, tu n'auras plus jamais la paix. Fais comme Anita qui ne se donne qu'à ceux qu'elle aime. N'est-il pas vrai Anita que tu m'aimes aussi ? »

Q : « Le soir du 4 juillet, après le dîner, Madame P.R. m'a téléphoné pour me dire qu'elle est convaincue que son mari a évité un grand malheur ou tout au moins de graves ennuis grâce à ton aide. Y a-t-il quelque chose de vrai là-dedans et comment dois-je me comporter à cet égard ? »

R : « Oui, dans ces cas nous avons la faculté d'aider dans la mesure du possible ceux qui vivent un événement semblable au nôtre. La personne aidée doit, à titre de remerciement, prier pour tous ceux qui en ont besoin. »

Procès-verbal du 27 juillet 1985

Q : « Mon très cher fils, une dame, brisée de douleur par la mort récente de son fils des suites d'un accident de la route, a eu connaissance de ton cas et a lu les épreuves de mon livre qui te concerne. Elle m'a offert, avec une incroyable générosité, de le traduire gratuitement en langue croate de sorte qu'il puisse être publié et diffusé en Yougoslavie. As-tu quelque suggestion à me faire à ce propos et es-tu éventuellement en mesure de lui dire quelque chose ? »

R : « Mon papa, point n'est besoin de suggestion. Comme tu t'en seras rendu compte tout est prédisposé. Les faits et les personnes sont liés les uns aux autres comme une spirale ; en haut, toujours de plus en plus haut, jusqu'à ce que le but fixé soit atteint. Entre-temps, je ne puis que dire merci à tout le monde. Andrea. »

Q : « Mon très cher fils, je t'en prie, si c'est possible, donne-moi des explications sur ce qui suit. En conclusion des premières recherches pour retrouver ton corps dans le Pô, le matin du 29 mars 1983, après nous avoir dit que les plongeurs ne devaient pas t'abandonner et qu'ils étaient près de toi, tu as conclu par un appel : "Papa aide-moi." D'autres fois, au contraire, tu as dit que le sort réservé à ton corps t'était indifférent car seule l'âme compte et que si tu t'attachais à nous le faire trouver, c'était uniquement parce que nous tous le désirions tellement. Quelle est alors la signification de ton appel "Papa aide-moi ?" »

R : « Cher papa, j'invoquais ton aide pour adoucir votre douleur de ne pas retrouver mon corps. Je sentais que maman, parce qu'elle souffrait, s'éloignait de tout ce qui concernait ma "mission" et j'avais peur que toi aussi tu y renonces. »

Q : « Mon fils, je t'en prie, est-il possible de me donner cette autre explication ? Dans ta réponse du 24 juin, après avoir dit que tu n'étais pour rien dans les messages reçus par une dame de Monfalcone, tu as ajouté : "Je n'ai pas besoin de m'insérer." Cela n'est-il pas en légère contradiction avec ce que tu disais par le passé, lorsque tu considérais comme une chance la possibilité d'entrer en contact avec moi par l'intermédiaire de plusieurs personnes ? »

R : « Papa, je voulais dire par ces paroles que désormais, pour ma "mission", je n'ai plus besoin d'autres intermédiaires. Au contraire, au début plus j'avais d'intermédiaires à ma disposition mieux c'était, parce que pour ce cas tu ne semblais pas convenir à cette époque. »

Traduction de l'article de l'évêque de Trieste « Les heures de la ville »

paru dans « Il Piccolo » le 15 juillet 1961

Eau bénite

« Vita Nuova » (Vie nouvelle) écrit : « Il s'appelle Andrea et il a cinq ans et demi. Il sait lire et l'a appris de lui-même. Il est vif, intelligent et il a bon cœur. Mais c'est encore un bambin. Au jardin d'enfants, il est victime d'une pénible mésaventure. La rougeole. Qui ne l'a pas eue ? On s'en souvient à peine. Mais pas Andrea. Le virus attaque le nerf auditif et l'enfant n'entend plus rien d'une oreille. C'est terrible, pendant le restant de sa vie le silence régnera sur cette source de voix et de sons. Les parents font le tour des médecins : d'abord les plus proches, puis les plus lointains, les spécialistes. Quatre grands cliniciens et parmi eux une sommité internationale. Rien à faire : "Cela arrive parfois..." "Aucun cas du même type n'a jamais connu de guérison; l'enfant est destiné à être sourd pendant toute sa vie. Et faites plutôt attention à l'autre oreille. Parfois..." Quel dommage! Pauvre enfant. Où les hommes ne peuvent rien faire, Dieu peut toujours. Et Andrea commence un nouveau traitement. Chaque soir il se lave l'oreille avec l'eau de Lourdes et dit une courte prière avec tant de candeur et de ferveur, que c'est comme un enchantement. Puis, avant de se mettre au lit, il dépose sur l'oreiller une relique du père Leopoldo. Et c'est ainsi chaque soir.

Il y a quelques jours, sa maman (les mamans aiment toujours mieux leurs enfants qui souffrent le plus) le tient dans ses bras et lui parle à mi-voix. Elle se trompe d'oreille. Elle lui chuchote quelque chose à l'oreille condamnée au silence. Et Andrea répond. Maman a dû se tromper. Elle répète les mots. Et Andrea répond.

Il entend parfaitement de la mauvaise oreille. Tout le monde essaie. On bouche l'oreille saine, on parle, on pleure, on rit de joie. L'enfant manifeste sa joie. Le médecin l'examine. Il est parfaitement guéri. Ils se rappellent les paroles du célèbre spécialiste : "Ces cas sont inguérissables. Jamais personne n'a été guéri." Et nous regardons avec émotion le petit Andrea se laver l'oreille avec un peu d'eau. Aucun médicament. Mais c'est l'eau de la Sainte Vierge. Et la Foi en elle. Et c'est aussi son amour pour ce cher petit ; bon, allègre, intelligent, pieux. Il s'appelle Andrea Sardos Albertini. C'est le fils du président de l'Action catholique du diocèse. »

Photographies et documents divers

Madame Anita tandis qu'elle reçoit un message d'Andrea chez le docteur Paola Giovetti.

†

Il 3 marzo è mancato il nostro caro

Luigi Rosani Rožanc (Gigi)

Ne danno il doloroso annuncio la moglie MARIA, i figli MARIO, GIANNI, FRANCO, ROSANNA, il genero ALDO, le nuore LUISA, NADIA, ADRIANA, i nipoti unitamente alle famiglie THOMAS, MACHO, CUMINETTI, FORZA.

Un sentito grazie ai medici e al personale del Centro rianimazione.

I funerali seguiranno lunedì 7 marzo alle ore 10 dalla Cappella dell'Ospedale maggiore.

Trieste, 5 marzo 1983

Avis mortuaire de Luigi (Gigi) Rosani qui reprend tous les noms indiqués par Andrea dans son message du 5 mars 1983. (Voir page 137.)

Photographie de la tache rouge apparue dans « Il Giornale » du 21 juin 1983. (Voir page 161 le procès-verbal du 28 juin 1983.)

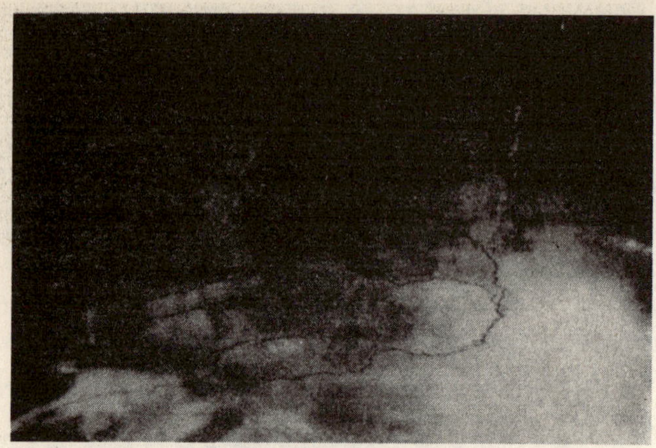

Photographie sur laquelle le contour du corps a été tracé avec la pointe feutre.
(Voir page 166 le procès-verbal du 21 juillet 1983.)

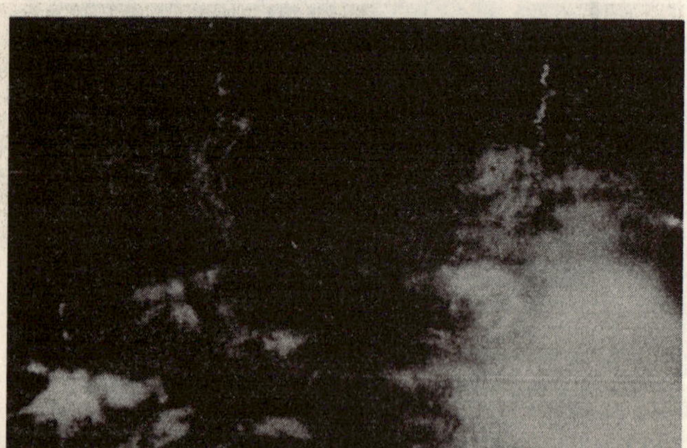

Ci-dessus, la même photographie mais sans le contour tracé.

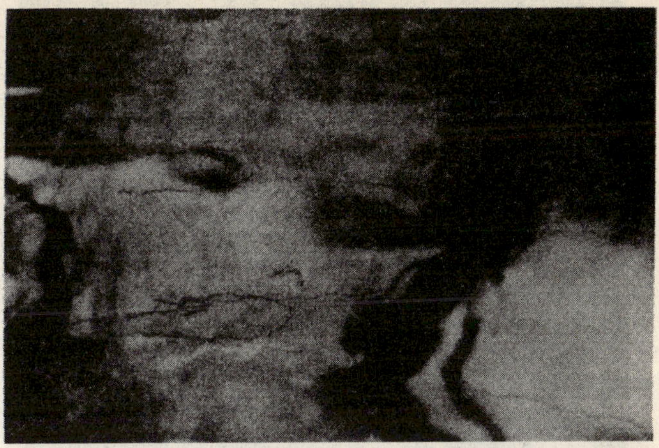

Autre photographie sur laquelle le contour du corps a été tracé avec la pointe feutre.
(Voir page 166 le procès-verbal du 21 juillet 1983.)

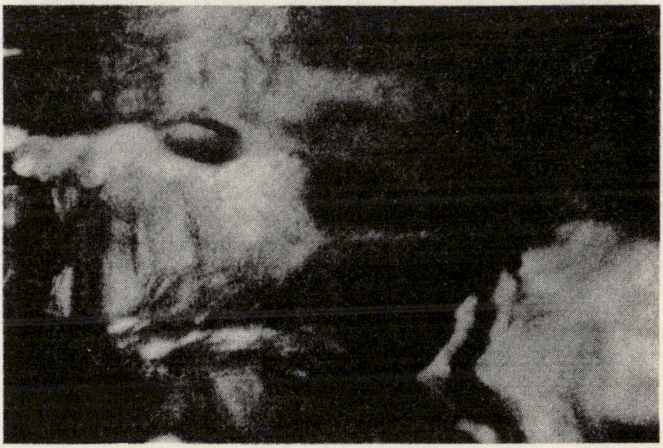

Ci-dessus, la même photographie mais sans le contour tracé.

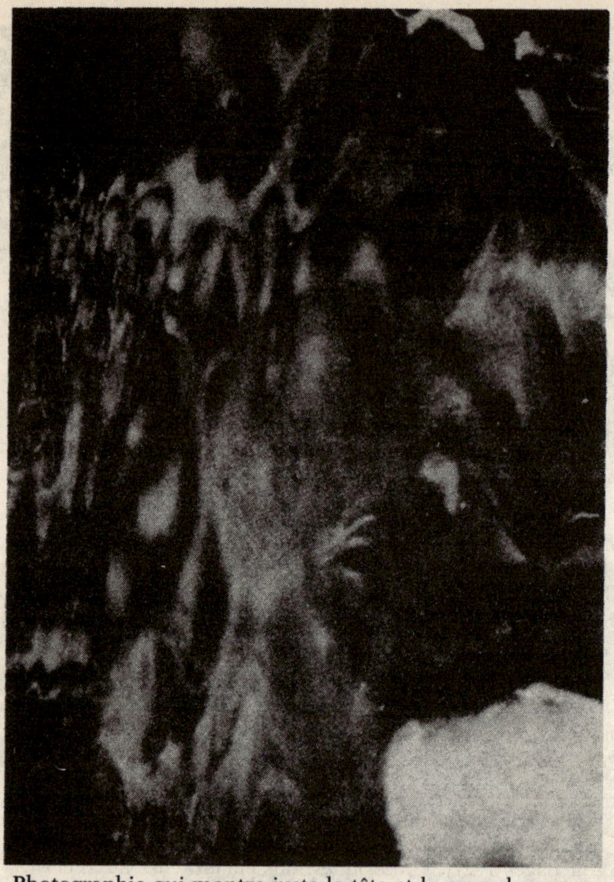

Photographie qui montre juste la tête et le coup du corps.
(Voir pages 168-169 le procès-verbal du 16 août 1983.)

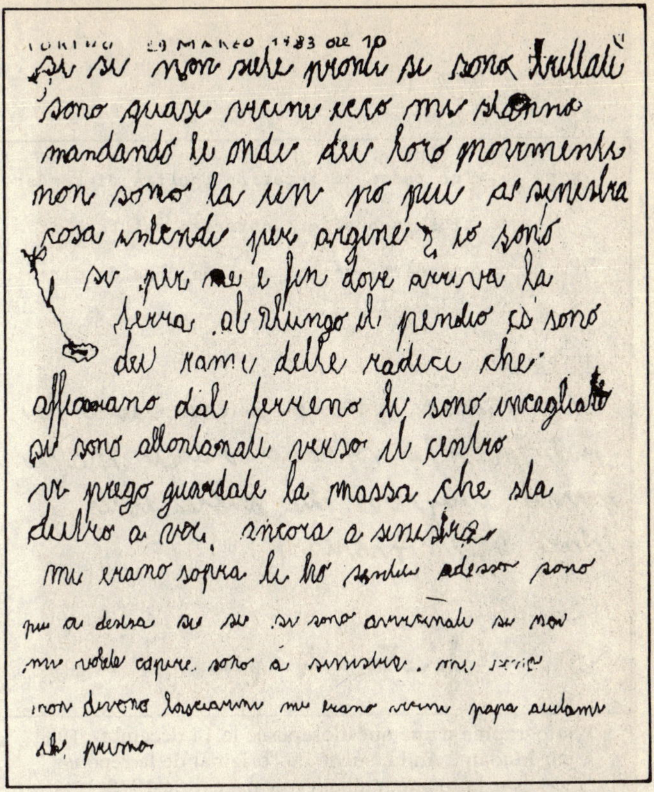
TORINO 29 MARZO 1983 ore 10

si si non siete pronti si sono trullati
sono quasi vicini ecco mi stanno
mandando le onde dei loro movimenti
non sono la un po piu a sinistra
cosa intendi per argine ? io sono
si per me e fin dove arriva la
terra al lungo il pendio ci sono
dei rami delle radici che
affiorano dal terreno le sono incagliate
si sono allontanate verso il centro
vi prego guardate la massa che sta
dietro a voi. ancora a sinistra
mi erano sopra li ho sentiti adesso sono
piu a destra si si. si sono avvicinati si non
mi volete capire. sono a sinistra. mi sento
non devono lasciarmi mi erano vicini papa aiutami
sto. prima

Réponses écrites à la suite les unes des autres reçues par Madame Anita le 29 mars 1983 à Turin au parc Valentino. (Voir pages 152-155.) Les questions étaient elles aussi écrites les unes à la suite des autres mais sur une autre feuille.

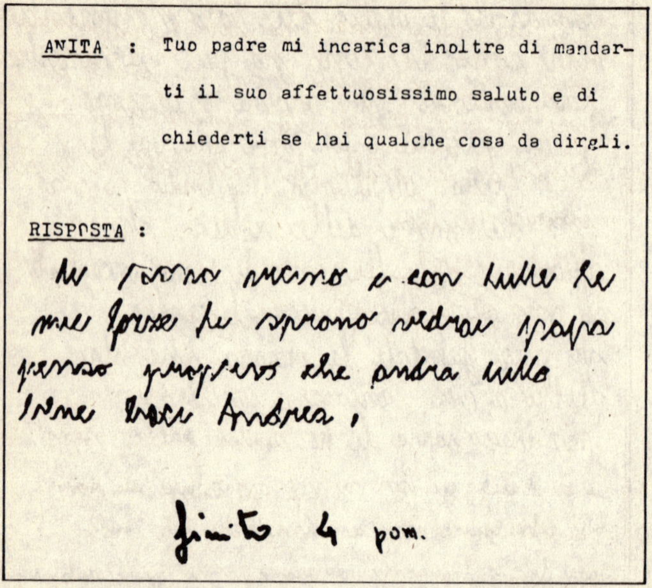

ANITA : Tuo padre mi incarica inoltre di mandarti il suo affettuosissimo saluto e di chiederti se hai qualche cosa da dirgli.

RISPOSTA :

Io sono vicino a con tutte le mie forze te sprono vedrai papà penso prospero che andrà tutto bene baci Andrea,

finito 4 pom.

Photographie d'une question posée le 14 décembre 1984 par Madame Anita, suivie de l'original de la réponse sur la même feuille. (Voir pages 196-197.)

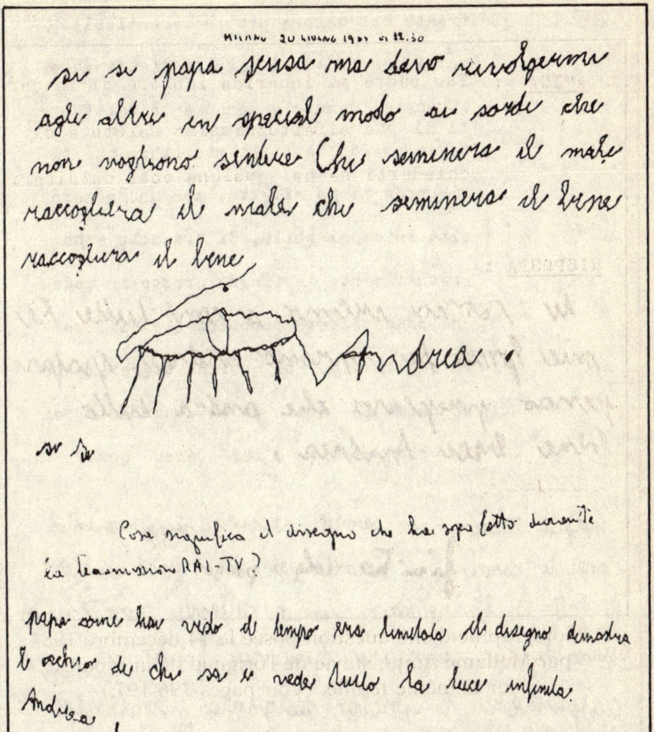

MILANO 20 GIUGNO 1985 ore 22.30

si si papa sensa ma devo rivolgermi agli altri in special modo ai sordi che non vogliono sentire Chi seminera il male raccogliera il male chi seminera il bene raccogliera il bene

Andrea

si si

Cosa significa il disegno che hai fatto durante la trasmissione RAI-TV?

papa come hai visto il tempo era limitato il disegno dimostra l'occhio di chi sa e vede tutto la luce infinita.

Andrea

Photographie du message reçu par Madame Anita lors de l'émission du 20 juin 1985 sur la RAI-TV. (Voir pages 203-204.) Les deux « si » correspondent aux questions préliminaires posées par Madame Anita à son père pour savoir s'il assiste et si le fils de l'avocat Lino Sardo est présent et disponible.

Verbale 27 luglio 1985 2)

DOMANDA : "Figlio mio carissimo, una signora, affranta dal dolore per la recentissima morte del figlio a seguito di sciagura stradale, venuta a conoscenza del tuo caso ed avendo letto il mio libro che ti riguarda mi ha offerto, con una generosità inimmaginabile, di tradurlo essa gratuitamente in lingua croata in modo che possa essere pubblicato e diffuso in Jugoslavia. Hai qualche suggerimento da darmi in merito ed eventualmente sei in grado di dire a lei qualche cosa?

RISPOSTA:

papa mio non serve nessun suggerimento
come tu sarai già accorto è tutto predisposto
i fatti e le persone sono collegate come una
spirale su sempre più su fino a
raggiungere la meta designata intanto
a tutti posso dire solo grazie Andrea.

finito 3 30

Photographie d'une question posée le 27 juillet 1985 par le père d'Andrea à son fils, suivie sur la même feuille de l'original de la réponse. (Voir procès-verbal page 207.)

IL PICCOLO

GIORNALE DI TRIESTE

LE ORE DELLA CITTÀ

Acqua benedetta

Scrive «Vita Nuova»: «Si chiama Andrea ed ha cinque anni e mezzo. Sa leggere ed ha imparato da sè. Vivo, intelligente e un gran cuore. Ma un bimbo ancora. E' vittima di una dolorosa avventura d'asilo. Il morbillo. Chi non lo ha avuto? Un ricordo appena. Non per Andrea. Il virus aggredisce il nervo acustico ed egli perde completamente l'udito di un orecchio. E' terribile, per tutta la vita il silenzio dominerà quella sorgente di voci e di suoni. I genitori incominciano il giro dei medici: prima i più vicini, poi i più lontani, gli specialisti. Quattro grandi clinici e fra questi uno di fama internazionale. Nulla da fare. «Ma vi sarà qualche caso...». «Questa forma non ha mai conosciuto guarigione; il bambino è destinato ad essere sordo per tutta la vita. Piuttosto attenti all'altro orecchio. Qualche volta...». Che pena! Povero bimbo. Dove nulla possono gli uomini, può sempre Dio. E Andrea incomincia una nuova cura. Ogni sera si bagna l'orecchio con l'acqua di Lourdes dice una breve preghiera con un candore e un fervore, che incanta. Poi prima di andare a letto mette sotto il cuscino una reliquia di Padre Leopoldo. Così ogni sera. Qualche giorno fa la mamma (le mamme vogliono sempre più bene ai figli che più soffrono) se lo tiene al seno e gli parla sottovoce. Sbaglia orecchio: bisbiglia qualche cosa in quello condannato al silenzio. E Andrea risponde. La mamma deve aver sbagliato. Ripete le parole. E Andrea risponde. Egli sente perfettamente dall'orecchio morto. Tutti provano. Si chiude il seno, si parla, si piange, si ride di gioia. Il bimbo è pieno di festa. Il medico fa i suoi esperimenti. Guarito perfettamente. Ritornano le parole del celebre specialista: «Questi casi non possono guarire. Mai nessuno è guarito». E noi vediamo commossi il piccolo Andrea a bagnarsi l'orecchio con un po' di acqua. Nessuna medicina. Ma è l'acqua della Madonna. E' la fiducia in lei. E' l'amore di lei verso questo caro bimbo, buono, allegro, intelligente, pio. Si chiama Andrea Sardos Albertini. E' il figlio del presidente diocesano di A. C.».

Reproduction de la page du journal « Il Piccolo » où fut publié l'article de l'évêque de Trieste « Les heures de la ville » à propos d'Andrea le 15 juillet 1961. (Voir traduction pages 209-210.)

Attestation du docteur Mauro Braida

Je soussigné, Mauro Braida, résidant à Trieste, Salita di Zugnano n° 15/1, ayant eu l'occasion de lire les messages que le père d'Andrea Sardos Albertini reçoit par l'intermédiaire de Madame Anita, crois être de mon devoir d'exposer ce qui suit.

Je dois dire d'abord qu'Andrea et moi sommes du même âge et que nous avons fait connaissance à l'âge de quinze ans. Nous nous sommes liés d'amitié et nous nous sommes fréquentés assidûment, avec des amis communs. Outre le plaisir naturel d'être en compagnie l'un de l'autre, nous avions en commun la passion du sport. Quelques années après, en effet, nous sommes devenus coéquipiers dans une formation de volley-ball de série A et le sommes restés jusqu'en 1979. Nous nous entraînions journellement presque toute l'année et nous nous déplacions parfois très loin, d'où la nécessité de partir le vendredi, de loger sur place pour jouer le samedi. Nous avons également participé à quelques tournois d'une semaine à l'étranger, entre autres en Roumanie, en Bulgarie et en Pologne. Nous avons aussi disputé ensemble les championnats universitaires de volley-ball et de basket-ball.

En outre, à l'Université nous étions inscrits

tous deux à la Faculté de Droit et bien que nous ne suivions pas les mêmes cours, nous nous rencontrions souvent sur les terrains de sport. Pendant l'année académique 1980/1981 nous avons participé ensemble aux cours de droit administratif, qui, pour Andrea, restait le seul examen à présenter.

J'ai estimé opportun d'exposer ce qui précède pour prouver à quel point je connaissais Andrea, son caractère et sa manière de s'exprimer. Cela m'a permis de procéder à une sorte d'« examen comparatif » des réponses reçues par l'intermédiaire de Madame Anita, que j'ai lues attentivement.

En toute sincérité et en toute objectivité je vous livre ci-dessous mes commentaires :

1. D'un point de vue formel, le contenu des réponses s'accorde parfaitement avec la façon qu'avait Andrea de s'exprimer : concis dans la présentation logique des idées. Andrea parlait toujours simplement, il ne dissimulait jamais sa pensée et ne se risquait pas dans des métaphores compliquées. Même conclusion sur le plan de la syntaxe : un exposé simple, sans être pauvre, correct, de toute évidence. Par là, je n'entends pas seulement privé d'erreurs, ce qui est évident, mais surtout précis dans le choix des mots. Andrea, bien qu'ayant fait des études classiques, n'en a jamais tiré gloriole et à peine se permettait-il quelque raffinement littéraire. Au contraire, il avait toujours soin de s'exprimer clairement et simplement afin de se faire bien comprendre, même par des personnes peu cultivées. Aussi le style des réponses ne s'éloigne-t-il pas de celui employé par Andrea. J'ai tout au plus eu l'impression qu'il s'est perfectionné, si je considère la tournure homogène des réponses fournies à des questions complexes ou très longues.

2. Mais il y a plus. Le contenu général des réponses s'accorde pleinement avec le caractère et la personnalité d'Andrea et aucun de ses messages ne s'éloigne de sa façon de penser et de se comporter. En tout état de cause, je n'y ai pas relevé la moindre distorsion, par rapport aux idées et aux convictions d'Andrea.

Je désire à ce propos, sans toutefois recourir à une analyse des diverses réponses, souligner quelques traits caractéristiques d'Andrea qui transparaissent également à la lecture des procès-verbaux, comme le respect des opinions d'autrui, la patience pour répondre à des questions répétitives et provocatrices, l'humilité dans l'expression de ses propres opinions mais en même temps la fermeté des convictions personnelles jusqu'à atteindre une certaine dureté.

Je pense que quiconque l'a connu de son vivant pourra confirmer qu'indubitablement mon ami Andrea possédait toutes ces qualités.

Mauro Braida.

Mise à jour des faits

A l'occasion de la publication de cette nouvelle édition (la vingt-septième en langue italienne), j'ai jugé opportun d'ajouter pour les lecteurs quelques précisions sur les développements des faits qui ont suivi la publication de « L'au-delà existe ».

La Fondation Andrea Sardos Albertini

Avec le bénéfice des droits d'auteur, auxquels j'ai personnellement renoncé, du volume « L'au-delà existe » et des deux autres qui lui sont rattachés dans les différentes éditions italiennes et étrangères, et avec mes versements personnels ultérieurs, j'ai constitué une Fondation au nom d'« Andrea Sardos Albertini » ayant pour but, non seulement de diffuser ses messages, mais aussi d'étudier si, dans les faits soi-disant paranormaux qui se vérifient en réalité, inexplicables par des forces physiques ou psychiques de caractère terrestre, on peut trouver des éléments pouvant au contraire être considérés comme une preuve ou un indice de l'existence de l'au-delà.

La Fondation a publié un volume intitulé « Preuves et indices de l'au-delà » (édition Rizzoli), dans lequel ce problème est étudié. Pour ce faire, a été soumis, entre autres, à l'examen critique le contenu du volume « L'au-delà existe », soit par moi, soit par douze chercheurs qualifiés, dont neuf prêtres éminents et trois laïcs renommés.

Cette Fondation (dont le siège est à 34122 Trieste, 4, via XXX Ottobre) a également donné naissance, dans le cadre de son activité, à un bulletin intitulé « Amis d'Andrea » qui est envoyé en hommage à qui le souhaite.

Les extraordinaires résultats religieux du livre

Un fait extrêmement important à signaler suite à la publication du livre « L'au-delà existe » est constitué par les résultats spirituels et religieux exceptionnels, imprévisibles et objectivement humainement inexplicables qui en découlent.

De très nombreuses personnes — plus de sept mille — m'ont écrit, sous une forme très chaleureuse, parfois même très touchante, pour me remercier d'avoir publié le livre dont ils ont tiré des bénéfices spirituels d'une grande importance.

En dernière analyse, le phénomène présente les caractéristiques suivantes. De très nombreuses personnes, des deux sexes, de tous les âges et de tous les niveaux culturels, après avoir lu les messages d'Andrea :

a) d'athées convaincus et souvent militants sont devenues croyants, pratiquants fervents et actifs ;

b) sont passées d'une foi et d'une pratique religieuse purement formelles et superficielles à un renforcement concret et décidé de la Foi avec une participation assidue à la vie sacramentelle et religieuse, après des décennies d'absence ;

c) ont complètement changé leur comportement dans la vie et dans l'estimation des valeurs matérielles et spirituelles de celle-ci dans un sens chrétien, surmontant même des situations extrêmes de haines et de rancœurs transformées en rapports d'amitié sincères et fraternels ;

d) ont surmonté des situations de désespoir, pour certains à la limite du suicide, en acceptant avec un esprit chrétien la volonté de Dieu et en arrivant même à Le remercier pour l'épreuve subie.

Un autre aspect fondamental des résultats positifs est fourni par le fait que la plupart des personnes qui ont lu le livre ont senti le besoin spirituel de le divulguer auprès du plus grand nombre possible, en en conseillant la lecture, en l'offrant ou en prenant des initiatives pour sa diffusion, de façon à partager avec leur prochain ce bénéfice spirituel qu'elles en ont tiré.

C'est dans cet esprit que des personnes ont acheté jusqu'à cent, deux cents et plus d'exemplaires du livre pour l'offrir à ceux qui pouvaient en tirer un avantage spirituel. Dans un cas même, le commandant d'un bataillon de Bersaglieri en a acheté mille qu'il a offerts, pour Noël, à tous ses soldats, sous-officiers et officiers.

Il me paraît évident que ces sentiments, si largement provoqués par les messages d'Andrea, constituent l'expression véridique d'un réel amour pour son prochain, qui ne consiste pas seulement à offrir un plat de soupe aux nécessiteux — ce que peut faire n'importe quelle organisation caritative et ne résout pas, de toute façon, les problèmes de fond —, mais en apportant Dieu dans le cœur des hommes, donc en leur donnant le véritable bonheur, même terrestre, indépendamment des vicissitudes personnelles et des conditions matérielles de vie, comme l'expérience l'enseigne largement.

Sans la moindre publicité, tant de ma part que de celle de l'éditeur, le livre a connu une extraordinaire diffusion non seulement en Italie (26 éditions et plus de 150 000 exemplaires vendus) mais aussi à l'étranger, dans tous les continents, essentiellement grâce à l'aide des lecteurs que je viens d'évoquer ci-dessus.

Toujours à l'initiative de lecteurs, le livre a déjà été traduit, imprimé et diffusé au Brésil, en Tchécoslovaquie, en Suède, en France et en Espagne. D'autres ont assuré volontairement et spontanément la traduction en langues anglaise, espagnole, allemande et croate et me l'ont fait parvenir, afin que je puisse en disposer si quelque maison d'édition de cet idiome avait l'intention de l'imprimer et de le diffuser.

Très nombreuses ont également été les initiatives des lecteurs qui ont organisé des conférences publiques et des interviews même télévisées dans différentes villes d'Italie et même à l'étranger pour diffuser le livre.

J'ai jugé bon de souligner cet aspect des résultats de « L'au-delà existe » étant donné que l'Évangile enseigne maintes fois que les bons fruits prouvent la bonté de l'arbre, ainsi qu'on le lit par exemple dans l'Évangile selon Matthieu (VII, 15-20) : « Gardez-vous des faux prophètes. Ceux qui viennent à vous déguisés en brebis mais qui, à l'intérieur, sont des loups rapaces. Vous les reconnaîtrez d'après leurs fruits. Cueille-t-on peut-être du raisin des pruniers ou des figuiers sur les ronces ? Ainsi, tout bon arbre donne de bons fruits mais tout arbre mauvais donne de mauvais fruits. Le bon arbre ne peut donner de mauvais fruits, ni l'arbre mauvais donner de bons fruits. Toute plante qui ne porte pas de bons fruits est coupée et jetée au feu. Vous les reconnaîtrez donc d'après leurs fruits. »

C'est dans cet esprit et pour cette raison que j'ai publié, en janvier 1988, « Au-delà de la foi » (édition Rizzoli) dans lequel j'ai révélé et illustré, sous forme d'exemples, lesdits résultats.

Il faut souligner que non seulement ces résultats continuent de façon ininterrompue à un rythme plutôt croissant, mais que ce phénomène est accentué par les très nombreuses personnes qui considèrent Andrea comme un saint auquel elles s'adressent. Elles demandent des grâces et affirment, dans de nombreux cas, les avoir reçues, parfois sous forme de véritables miracles. Nombre de personnes, avec dévotion, me demandent des photographies d'Andrea pour les garder ou pour les donner à d'autres personnes et les mettre sous la protection d'Andrea ou de diffuser sa mission. J'ai déjà distribué, sur demande, plus de six mille photographies (à part celles qui sont insérées dans le livre « Au-delà de la foi »).

Nombreuses sont les personnes, même des prêtres, qui demandent l'ouverture d'une procédure pour la canonisation d'Andrea.

Les « signes » extraordinaires au père et à des tiers

Je juge opportun de signaler un autre développement important de la situation après la publication de « L'au-delà existe ». J'avais déjà indiqué, dans ce livre, comment, durant la phase où j'étais encore incertain de devoir donner le témoignage des messages que je recevais, j'avais objecté à mon fils que, si je le faisais, je risquais d'inciter certains à se rendre chez des médiums, étant donné ce qui s'était déjà passé, avec un possible dommage matériel et, plus encore, spirituel ; je lui avais donc demandé conseil.

Andrea m'a répondu qu'il ne fallait jamais s'adresser à des intermédiaires qui agissaient par lucre, ni poser des questions banales, mais que, de toute façon, il était difficile, pour nous vivants, de distinguer les vrais intermédiaires pour lesquels la Lumière Infinie permettait que soient donnés des « signes », comme il les avait donnés.

Je lui ai rappelé explicitement qu'il m'avait donné les « signes » de la tache rouge sur « Le Journal » et des « photographies non réelles » dans le Pô et je me suis obstiné à ne pas l'écouter. Je fais référence par là à des faits tout à fait extraordinaires et imprévisibles, absolument inexplicables par des faits physiques ou psychiques de caractère terrestre, étrangers à l'intervention et même à la présence du médium, et dont on peut supposer qu'ils constituent des preuves ou des indices de l'existence de l'au-delà.

Je dois ajouter que, par la suite, j'ai appris que certains théologiens qualifient de « marque divine » ces signes qui peuvent se vérifier, et qui concernent des phénomènes paranormaux, quand il s'agit en réalité de faits ayant une nature au-delà du naturel.

S'il est permis, comme le disaient les anciens Romains, de comparer les petites choses aux grandes, je rappelerai, à titre d'exemple, que le célèbre théologien, le Père Oscar Gonzales-

Quevedo S.J. désigne comme « marque divine » (c'est-à-dire absolument inexplicable par des forces terrestres physiques ou psychiques), pour confirmer le caractère au-delà du naturel des apparitions de Fatima, le fait que des centaines de milliers de personnes, de tous les âges, conditions sociales et niveaux culturels ont vu le soleil faire une rotation (fait certainement non naturel). Il désigne également comme « marque divine » les apparitions de Lourdes et les manifestations extraordinaires qui les ont accompagnées et suivies, comme par exemple l'allongement soudain d'une jambe de 15 centimètres et plusieurs autres faits inexplicables naturellement.

Dans le cas d'Andrea, des faits extraordinaires se sont effectivement vérifiés, avec ces caractéristiques qui ne s'expliquent pas par des forces physiques ou psychiques de caractère terrestre, au cours des faits décrits dans le livre « L'au-delà existe », mais aussi durant la rédaction du livre « Au-delà de la foi », comme je l'ai relaté dans ledit livre. Cela s'est même vérifié par la suite, au moment de la réalisation de la cassette audio « Andrea et la Lumière Infinie », tout au long de ma correspondance avec les lecteurs ou encore pendant la préparation du livre « Preuves et indices de l'au-delà ».

On a vérifié aussi que, déjà durant l'extension de « Au-delà de la foi », des « signes » de ce genre ont été constatés même avec de tierces personnes, lectrices du livre. J'en ai déjà parlé dans le livre lui-même.

Lesdits signes ont même continué à se manifester par la suite avec d'autres personnes qui avaient lu « L'au-delà existe » et le phénomène perdure. En général, ils se signalent par des taches rouges (Andrea dit : « rouges comme le sang que j'ai versé » et explique qu'il s'agit de signes de sa présence qui prouvent l'existence de l'au-delà) mais aussi par des signes d'une autre nature (comme un parfum ou sa signature).

Je précise que, immédiatement après la parution de « L'au-delà existe », les messages d'Andrea par l'intermédiaire de Madame Anita ont pratiquement cessé — comme je l'ai dit dans « Au-delà de la foi » —, ce que j'avais trouvé très juste et nécessaire. Si le phénomène avait continué, il aurait cessé d'être extraordinaire, ce qu'il était, dans le but spécifique de me faire écrire un livre de témoignage, et il se serait transformé en une espèce de standard téléphonique pour des informations avec l'au-delà, ce qui était évidemment inadmissible.

Pourtant, des messages ont continué à parvenir, certainement d'Andrea, souvent d'encouragement ou d'orientation par l'intermédiaire d'autres personnes et non plus par moi.

Mais, comme je l'ai relevé dans « Au-delà de la foi », j'étais et je reste convaincu qu'au moins une partie de ces messages peut être l'expression de l'inconscient de celui qui les recevait et, de toute façon, je n'étais et ne suis pas en condition d'émettre des appréciations.

J'ai estimé juste de m'abstenir de poser d'autres questions, en pensant qu'il était de mon devoir d'éviter des investigations sur l'au-delà, comme je l'ai indiqué dans le livre précité.

Mais, quand je me suis trouvé face à la répétition de la manifestation de ces « signes » d'Andrea, j'ai considéré de mon devoir, en tant que son « porte-parole », de lui demander s'ils provenaient bien de lui, en lui formulant une question explicite, par l'intermédiaire de Madame C.R. (n° 274 de l'enregistrement) de Turin.

J'ai obtenu des réponses, en grande partie positives, sauf dans quelques cas très limités.

J'ai expliqué tout cela dans « Preuves et indices de l'au-delà » en m'appuyant sur une cinquantaine d'exemples et une documentation photographique correspondante.

On a constaté par la suite, à la publication de ce livre, un fait très important que j'estime devoir porter à la connaissance du lecteur.

J'avais en effet remarqué que, lorsqu'il confirmait que les « signes » provenaient de lui, Andrea ajoutait presque toujours des précisions ou des renseignements relatifs aux conditions personnelles, familiales ou psychologiques de la personne qui avait reçu le « signe ». Il précisait même les raisons pour lesquelles le « signe » avait été donné, raisons que j'ignorais complètement et, à plus forte raison, la personne qui avait reçu sa réponse.

J'ai donc jugé bon de prendre des renseignements auprès des personnes intéressées pour savoir si ces faits correspondaient à la vérité.

Ce qui est vraiment extraordinaire, c'est que j'ai pu vérifier que ces faits correspondaient pleinement à la vérité et avaient parfois même échappé à l'attention de la partie intéressée qui ne s'en rendait compte qu'après la lecture de ces messages. Il s'agissait même parfois de faits et de situations annoncés à l'avance puis effectivement mûris.

J'insiste car cela prouve que les réponses provenaient d'un « esprit » capable de connaître des faits inconnus à la fois de celui qui a posé la question et de celui qui a reçu la réponse, et parfois même de la personne intéressée, et qu'il s'agissait de faits pas encore vraiment évidents. Ce qui est humainement absolument inexplicable. Ces précisions par rapport à l'objet de la question justifient l'opinion qu'elles sont données justement pour fournir la preuve du caractère « au-delà du naturel » des réponses.

Pour donner une idée concrète de ce phénomène, étant donné qu'il n'en a pas été question dans les livres publiés jusqu'à présent, je préfère citer certains cas à titre d'exemples :

a) Il avait été demandé à Andrea si certaines taches couleur de sang, de provenance inexpliquée, apparues sur un tablier de Madame B.R. de Cuneo (n° 5690 de l'enregistrement habituel) — qui, après avoir lu le livre « L'au-delà existe », était en train de le prier chaleureusement de l'aider —, étaient un de ses « signes ».

La réponse a été la suivante : « *Certainement, papa. L'aide demandée par Madame B. était d'un tout autre genre, mais sa prière a réveillé en moi l'intérêt pour les personnes qui ont des problèmes comme les vôtres et j'ai voulu lui donner un signe. Je suis près de toi. Ton fils Andrea.* »

En envoyant cette réponse à Madame B.R., je l'ai priée de me faire connaître si l'affirmation d'Andrea était vraie.

Et voici sa réponse que je juge extrêmement significative.

« J'ai reçu votre lettre du 23/7/92 accompagnée de la conversation entre Andrea et la dame de Turin et j'ai été frappée parce que ce que dit Andrea est vrai. Mon problème majeur est en effet d'un tout autre genre. Même si j'ai demandé qu'il m'aide dans d'autres problèmes, il s'est rendu compte que mon problème était d'un genre tout à fait différent de celui que j'avais expliqué dans la lettre précédente. »

b) Il avait été demandé à Andrea si les grosses taches couleur de sang, inexplicablement apparues sur cinq feuilles blanches placées verticalement dans un porte-papier de Madame L.T. de Chieti (n° 5514 de l'enregistrement habituel) et les petites taches de couleur rouge trouvées par cette dernière dans la poche du pantalon de son époux étaient un de ses « signes ».

La réponse à la première question a été la suivante : « *Certainement, papa, je t'ai déjà dit que ma façon la plus habituelle de communiquer avec vous est celle-là. Madame L. doit croire davantage et ne pas se plaindre toujours. Je suis près de toi, Andrea.* »

La réponse à la deuxième question a été la suivante : « *Les taches sur le pantalon ne sont certainement pas un de mes signes. L'époux de Madame T., en lui-même, a demandé plus d'une fois à Dieu, s'il existe vraiment, de lui adresser un signe parce qu'il est parfois partagé entre doutes et incertitudes. Le salut arrivera quand la Lumière Infinie jugera opportun de lui ouvrir les yeux. Je suis près de toi, Andrea.* »

Face à la demande d'explications que j'ai faite sur les circonstances indiquées dans ces réponses, Madame L.T. a écrit : « Andrea affirme : "Madame L. doit croire davantage et ne pas se plaindre toujours." Je n'avais pas fait attention à cet aspect de mon caractère. J'ai demandé à mon mari ce qu'il en pensait et il m'a répondu que c'était très vrai, et maintenant je peux le confirmer moi aussi parce qu'il m'arrive souvent de me dire : "Voilà, maintenant je suis en train de me plaindre. Andrea a vraiment raison!" Mais votre fils fait presque sûrement référence à mon insatisfaction pour la période de crise que nous sommes en train de traverser (j'ai dû vendre un appartement dans lequel je voulais aller habiter, pour payer quelques dettes) et de nombreuses autres situations. Ces mots "elle doit croire davantage" signifient donc que je dois avoir davantage confiance en la Providence, surtout moi qui ai eu de Dieu ce magnifique témoignage. Sont également vraies les affirmations d'Andrea sur l'état d'âme de mon mari qui me l'a lui-même confirmé pleinement. »

c) Il avait été demandé à Andrea si les taches rouges, inexplicables par des causes matérielles, trouvées soudainement sur le bord d'une chemise de son bureau par Monsieur S.D. de Mezzo Lombardo (Trente) (n° 5780 de l'enregistrement habituel) qui, après avoir lu « L'au-delà existe », invoquait un signe, constituaient un de ses signes.

La réponse a été la suivante : « *Certainement, cher papa. Les preuves que les personnes demandent sont nombreuses. Il est très difficile pour moi de contenter tout le monde : je recherche donc les personnes qui ont un besoin spirituel et j'aide ensuite le physique. Je suis près de toi. Ton fils Andrea.* »

En transmettant la réponse à Monsieur S.D., j'ai ajouté : « Je dois vous avouer que la partie de réponse où il est fait allusion à l'aide du physique n'est pas claire pour moi, de sorte que je pense avoir peut-être déchiffré de façon erronée le texte manuscrit qui m'est parvenu. »

Monsieur S.D., par lettre du 28/8/92, a ainsi répondu : « Et maintenant je chercherai à éclaircir la réponse donnée par Andrea dans laquelle il fait allusion à l'aide du physique. Il m'arrive parfois de transmettre, par mes mains une énergie cosmique à quelques personnes souffrant physiquement. Cela grâce à un cours que j'ai fréquenté il y a deux ans environ. Durant ces traitements, j'invoque la Lumière Infinie et même l'aide d'Andrea pour qu'il soulage ces frères. Je suppose donc que l'explication que vous demandez est là. En ce qui concerne le besoin spirituel, la réponse d'Andrea est exacte. »

d) Il avait été demandé à Andrea si les taches rouges, en aucune façon explicables par des causes naturelles, apparues sur certains vêtements de Mademoiselle S.C. de AA. (n° 5727 de l'enregistrement habituel), qui les lui avait attribuées étant donné la grande dévotion qu'elle avait pour lui, étaient un de ses « signes ».

On transcrit la réponse : « *Certainement, mon cher papa. Elle a été très malade et a demandé mon aide. Les taches, comme tu le sais, sont mon signe. Je suis près de toi, Andrea.* »

Après avoir pris connaissance de cette réponse, Mademoiselle S.C. m'a ainsi écrit :

« Mon P. a été pris par la Lumière Infinie le 11/11/91, après un accident de la route, alors qu'il se trouvait dans mes bras. J'ai été la dernière personne à le voir, j'étais là, par terre, avec lui, j'étais, dans la mesure du possible, près de sa sœur et de ses parents. Son départ vers le voyage éternel est lié à moi. Il est parti ainsi et a emporté, en plus de tous nos projets, une grande partie de moi-même. Je me suis ainsi retrouvée seule, immensément seule. En un mois, j'ai perdu dix kilos, je suis devenue anorexique et, avec l'envie de manger, j'ai perdu l'envie de vivre. Pour mon dix-huitième anniversaire je n'ai exprimé qu'un désir : celui de mourir ! C'est un péché, je le sais, mais c'est la vérité. J'ai eu une forte dépression et peut-être que si je n'avais pas eu, grâce à vous, une petite lumière d'espoir, je serais morte petit à petit et je n'aurais peut-être même pas été emportée par la Lumière Infinie. Ce que dit votre fils est vrai, et comment pourrait-il en être autrement, j'ai été malade et lui m'a comprise de là-haut et m'a aidée. J'avais vraiment besoin d'une aide divine ! Je me suis adressée à Andrea parce qu'à un certain moment j'ai compris que lui seul pouvait faire quelque chose pour moi et pour mon P. Maintenant je vais mieux (merci !) et surtout je me suis rapprochée de Dieu. Je m'étais en effet complètement éloignée de l'Église. Et ainsi, grâce à vous et à votre fils, j'ai retrouvé tout ce qui est important dans cette vie et peut-être retrouverai-je aussi cette insouciance sans laquelle la vie est impossible pour un jeune. Aujourd'hui en effet comment puis-je ne pas aimer Dieu et la vie, aujourd'hui que je sais que l'au-delà existe ! C'est le jour le plus important de ma vie, et, ce jour, votre fils me l'a offert.

Maintenant, je peux dire que je suis l'amie d'Andrea. Mon Dieu, quelle très grande joie emplit mon cœur ! »

e) Il avait été demandé à Andrea si la grosse tache couleur de sang, absolument inexplicable par des causes naturelles, apparue sur deux feuilles de notes que Monsieur N.D.L. de Brescia avait déposées dans un porte-stylos, était un de ses « signes ».

La réponse a été la suivante : « *Cher papa, Monsieur N. a été entraîné par des faits qui l'ont éloigné de la vérité mais ma tâche avec lui a été facile parce que, au fond de lui-même, il était croyant. Oui, mon papa, cela a été un de mes signes. Je suis près de toi. Ton fils Andrea.* »

Comme dans les autres cas, en transmettant cette réponse à l'intéressé, je lui ai demandé si ce qu'Andrea avait indiqué, et qui le concernait, correspondait à la vérité.

Et voici la réponse de Monsieur N.D.L. par lettre du 25/8/92 : « La réponse d'Andrea est plus qu'exacte, étant donné qu'à plusieurs reprises, dans cette période de "bouleversement", j'avais avoué à mon épouse que j'arrivais à ne croire en rien. Je croyais en un Dieu qui était au-dessus de toute réalité ! Et puis, entouré par tant de compagnons athées, je me suis complètement détaché de ce point de vue (personnel). En effet, Andrea dit qu'au fond de moi j'étais croyant. Et il a pleinement raison.

Je me suis rapproché de l'Église et je suis toujours pratiquant, grâce à votre fils. »

f) Il avait été demandé à Andrea si le fait que Madame L.B. de Piovene (n° 6053 de l'enregistrement habituel) avait à plusieurs reprises senti un parfum très intense, inexplicable par des causes naturelles, et une légère brise également injustifiable lui caresser les cheveux et lui effleurer le cou était un de ses « signes ».

A la question habituelle, la réponse d'Andrea a été la suivante :

« *Oui, mon papa, son fils est toujours près d'elle. La dame est très sensible. Les choses qu'elle sent sont réelles. Sa force nous donne de la force. Nous sommes près d'elle.* »

Ladite dame ignorait absolument qu'elle possédait cette capacité de médium.

A la suite de cette réponse, elle a essayé de se mettre en contact par voie médiumnique avec son fils décédé et a effectivement eu des résultats extraordinaires qui, ayant même été vérifiés par des prêtres, ont fait l'objet d'un livre intitulé : « Dieu n'enlève pas mais donne la vie », écrit par un évêque, grâce à qui ils ont été portés à la connaissance publique.

g) Il avait été demandé à Andrea si la tache rouge tout à fait inexplicable par des causes naturelles apparue sur la coupure de journal que Monsieur M.M. de Correggio (n° 5744 de l'enregistrement habituel) gardait dans un livre qu'il était en train de lire était un de ses « signes ».

La réponse a été la suivante :

« *Certainement, mon cher papa. J'ai voulu lui donner un signe de consentement pour ce qu'il est en train de faire. C'est très beau. Je lui en suis reconnaissant. Les choses qu'il fait et dit sont bonnes. Je suis près de toi. Ton fils Andrea.* »

En vérité, l'indication contenue dans cette réponse, que « les choses qu'il fait et dit sont bonnes », était étrangère à la question puisque rien n'avait été demandé à ce propos. Si ce n'est que, après la réception de cette réponse, dans la même journée, j'ai reçu une lettre de Monsieur M.M. dans laquelle, sur trois pages à l'écriture serrée, il exposait en détail ce qu'il faisait pour collaborer à la mission d'Andrea, en spécifiant la façon dont il approchait les personnes, comment il affrontait le discours sur Andrea, comment il se comportait selon les réactions préliminaires ; il accompagnait ces exposés de différentes considérations et citations à caractère psychologique et, en conclusion, il me demandait mon avis pour savoir si ce qu'il faisait et disait était bien.

Que, dans la communication d'Andrea, une réponse précise à cette question soit donnée est vraiment symptomatique et significatif, de sorte que je n'ai rien pu faire d'autre que de me reporter à l'avis exprimé par Andrea lui-même, de cette façon si extraordinaire.

h) Il avait été demandé à Andrea si sa signature avec nom et prénom, que Madame N.T. de Brescia (n° 5757 de l'enregistrement habituel) avait trouvée sur une feuille blanche qu'elle gardait dans le livre « L'au-delà existe » comme marque-page, était un de ses signes.

La réponse a été la suivante : « *Cher papa, les preuves que la Lumière Infinie me permet de vous donner sont nombreuses. Demande à la dame comment elle a fait pour trouver ma signature. Elle a été en contact avec moi. Je suis près de toi, Andrea.* »

En envoyant cette réponse à l'intéressée, je l'ai priée de me dire « comment elle avait fait pour trouver la signature d'Andrea », et de m'expliquer l'affirmation selon laquelle elle « est en contact » avec lui.

Madame N.T. m'a répondu qu'elle était arrivée à se mettre en contact avec Andrea en pratiquant l'écriture automatique avec sa propre mère.

Elle écrivait en outre : « Pour le détail que vous me demandez sur la façon dont j'ai retrouvé la signature d'Andrea, je ne savais pas quoi vous dire de plus.

J'ai alors demandé directement à Andrea ce qu'il entendait et il m'a rappelé un détail *qui est vrai.* »

Elle joignait le message reçu d'Andrea par lequel, concernant cette question, il lui rappelait textuellement ce qui suit : « *Oui, je t'ai fait ma signature, mais tu n'as pas dit où tu l'as trouvée. Elle n'était pas dans le livre, mais dans tes feuilles d'écriture que tu étais en train d'essayer. Oui, tu t'es trompée. C'est après que tu l'as mise dans mon livre. Et cela prouvait que celui qui écrivait avec la Dame de Turin était Andrea qui écrivait avec toi et mon père aurait compris.* »

Pour confirmer, Madame N.T. ajoutait : « J'étais convaincue d'avoir trouvé la feuille signée dans le livre d'Andrea, parce que la surprise et l'agitation créées par cette découverte étaient telles qu'elles m'ont troublée. Quand Andrea me l'a écrit, en y réfléchissant —, j'ai dit "il a raison". J'étais en train de contrôler les feuilles que j'utilisais pour essayer l'écriture automatique parce que je voulais me mettre en contact avec lui, et, parmi toutes ces feuilles gribouillées de signes tremblants que j'espérais pouvoir lire, il y avait une feuille vierge de papier ministre avec une signature en haut. J'étais pétrifiée et, après m'être longuement interrogée et avoir admiré cette signature, j'ai replié la feuille et l'ai mise dans le livre où elle se trouve toujours. Voilà pourquoi, une fois l'étourdissement passé, j'ai pensé que je l'avais trouvée dans le livre. »

Pour une meilleure compréhension de la réponse d'Andrea à Madame N.T. de Brescia, j'estime nécessaire d'attirer l'attention sur le point où il dit : « *Et cela prouvait que celui qui écrivait avec la Dame de Turin était Andrea qui écrivait avec toi et mon père aurait compris.* »

En vérité, que, dans le message reçu par la Dame de Turin, on fasse référence à des faits qu'elle ignorait, vérifiés dans le message reçu par Madame N.T. de Brescia, aurait constitué pour moi — ainsi qu'il l'a constituée — la preuve que l'auteur des deux messages était une seule entité qui s'était identifiée par la signature d'Andrea.

Cette observation est vraiment aiguë et objective.

J'attire l'attention sur l'importance des précisions et renseignements précédents sur les faits non seulement inconnus de moi-même et de la médium, mais contrastant même avec les souvenirs de la partie intéressée.

Pour être complet, je me dois d'indiquer que la

signature d'Andrea, reçue par Madame N.T., a été comparée à sa signature autographe figurant dans les documents pour le permis de conduire et il a été vérifié qu'elle avait des éléments d'identification certains. C'est d'autant plus significatif que Madame N. ignorait complètement la signature d'Andrea, ne l'ayant jamais vue.

L'accueil du livre par les prêtres

Je me dois de souligner également l'accueil extrêmement favorable donné au livre « L'au-delà existe » par de nombreux prêtres ou organismes catholiques.

Avant de décider de publier ce livre, j'ai bénéficié de l'assistance de prêtres qualifiés qui m'ont suivi et encouragé dans la phase de la réception des messages et de la préparation du texte.

Quand, après presque deux ans d'incertitudes, je me suis décidé à écrire le livre avec les messages de mon fils puisqu'il insistait pour que je le fasse, j'ai voulu demander encore son avis à un prêtre très qualifié, le directeur de la chaire de paranormologie de l'Université pontificale de Saint-Jean de Latran, le Père Andrea Resch, à qui j'ai envoyé le projet du livre et tous les messages reçus. Il m'a répondu par un avis tout à fait positif et m'a encouragé à publier.

Pour être tout à fait sûr de moi, j'ai aussi demandé son avis au Père Pasquale Magni, supérieur de la Congrégation de San Paolo et membre de différents organismes culturels catholiques italiens et internationaux. Lui aussi a approuvé la publication, et il s'est aussi spontanément offert pour rédiger la présentation du livre.

Le Père Magni a même présenté le deuxième livre « Au-delà de la foi ».

J'ai cité d'autres avis très favorables de prêtres dans « Au-delà de la foi » (de la page 80 à la page 95). Il faut ajouter les commentaires motivés de neuf prêtres éminents qui ont exprimé leur avis dans « Preuves et indices de l'au-delà ».

Pour ne citer que les avis ayant déjà fait l'objet d'une publication.

Il est également important que « L'au-delà existe » ait été traduit en portugais, imprimé et diffusé au Brésil par la maison d'édition Loyola, gérée par les Pères Jésuites et qu'il ait été traduit, imprimé et diffusé en Tchécoslovaquie, en langue slovaque, par un groupe de prêtres catholiques.

En outre, les Pères Missionnaires Comboniani de Vérone ont réalisé une cassette audio intitulée « Andrea et la Lumière infinie — Une expérience de communication avec l'au-delà », dans laquelle ils ont résumé, sous forme de dialogue et avec un commentaire musical, le contenu des deux livres « L'au-delà existe » et « Au-delà de la foi » ; cette cassette a été distribuée, entre autres, à plus de trois cents de leurs maisons missionnaires existant dans les trente-sept pays où ils œuvrent.

Je dois aussi signaler les critiques très favorables des trois livres précités publiées par l'importante revue « Lectures », éditée par les Pères Jésuites de Milan, Piazza San Fedele, dans les numéros de mai 1988 et de juin 1992.

Par ailleurs, j'ai été invité à présenter le livre dans plusieurs paroisses et même dans l'amphithéâtre du Séminaire diocésain d'Aversa et, dans trois cas, pour des exigences pratiques, on m'a même fait parler dans l'Église à partir du maître-autel.

De nombreux enseignants de religion ont mentionné « L'au-delà existe » durant leurs cours et en ont conseillé la lecture aux étudiants. De même, la lecture du livre a été recommandée à différentes personnes par des prêtres ou même par des évêques.

Un lecteur m'a indiqué qu'il avait découvert le livre au cours d'un prêche durant la Sainte Messe où le prêtre l'avait évoqué. J'ai même appris qu'un prêtre garde toujours le livre dans le confessionnal pour l'utiliser durant son ministère.

D'autres prêtres m'ont assuré qu'ils considéraient Andrea comme un saint dont ils implorent les grâces.

Un prêtre franciscain m'a téléphoné de son couvent en me demandant de prier Andrea afin qu'il l'assiste au cours d'une prochaine intervention chirurgicale délicate.

Le curé doyen d'une importante paroisse d'un État étranger m'a avoué qu'il avait placé la photo d'Andrea en permanence sous la nappe du maître-autel, à côté de la relique du saint patron, et que, chaque jour, il allumait sur l'autel deux cierges, un dédié au saint patron et un à Andrea.

Il y a aussi des prêtres, parmi lesquels un éminent représentant du Vatican, qui m'ont sollicité à plusieurs reprises pour soumettre le cas de mon fils au service compétent pour la Cause des Saints, afin qu'une procédure de canonisation soit entamée.

Je me permettrai de clore le débat par deux citations importantes.

Tout d'abord, je vous livre ce que m'a écrit l'évêque de Trieste (Monseigneur Mario Sjirza), un homme très cultivé et qualifié, qui a étudié les phénomènes paranormaux, y compris à l'étranger : « Je trouve que le livre "L'au-delà existe" a une très grande importance et que l'Église, les Curés, les Catéchistes devraient connaître l'existence, l'importance du livre et l'importance de sa diffusion. »

« Si j'étais curé ou catéchiste, je diffuserais gratuitement le livre à la sortie de la sainte messe aux élèves des collèges et des lycées. Il serait bien que l'on recueille, parmi les lecteurs, des offres pour la diffusion gratuite du livre. »

« Ancien athée, j'estime ce livre d'une importance telle que je le considère — pour mon usage personnel — comme le "Cinquième Évangile pour la Société émergente du deuxième millénaire", en faisant remarquer qu'Évangile signifie Bonne Nouvelle. Et pour l'opulente humanité du deuxième millénaire, comme prévu par les chercheurs et par la nouvelle technologie, cette Bonne Nouvelle sera nécessaire. Que l'Au-delà existe. »

Pour terminer, je rapporte la prière privée dédiée à Andrea, composée par l'évêque de Suse, Monseigneur Giuseppe Garneri, qui m'a aussi écrit qu'il la récite fréquemment.

En voici le texte :

« Oh, Andrea Sardos Albertini,
qui, miraculé à cinq ans,
as passé ton jeune âge
avec une conduite chrétienne
hautement exemplaire et qui,
par la mort tragique,
accomplis admirablement de l'Au-delà
ta mission de Foi,
prie pour nous, pèlerins encore
dans cette vallée de larmes,

et implore pour nous la grâce d'être
des missionnaires valables de vérité,
de justice, d'amour,
de joie et de paix. »

Je conclus en soulignant que tout ce que j'ai indiqué jusqu'ici est rigoureusement documenté.

Trieste, le 20 septembre 1993.

Table

Avertissement 7
Préface, par le père Pasquale Magni 9
Avant-propos, par le docteur Paola Giovetti 15
Introduction, par le père Giovanni Martinetti 19

1. Le témoignage 27
Le pourquoi de cet ouvrage 27
La disparition de mon fils 29
Les recherches désespérées 30
Ma rencontre avec Madame Anita 32
Le début des entretiens avec mon fils .. 35
L'intervention de Gigi Rosani 36
La tache sur « Il Giornale » 38
Du caractère extraordinaire des entretiens 40
La « mission » de mon fils 41
Les recherches du corps 42
Le signe du capuchon 44
Autres contrôles 45
Les recherches dans le Pô 47
Les photographies aux rayons infrarouges et les ultrasons 50
Le sac qui a servi de lest est retrouvé! . 52
Les découvertes des sapeurs-pompiers . 53
La vaine tentative d'assèchement de la zone 54

Le désastreux recours à une grue 56
Les photographies « non réelles » 58
La pénible période d'attente 59
L'amie Paola Giovetti 63
Mes hésitations 64
L'Épître de saint Jean 66
Une intervention extraordinaire 68
Les stimulations d'Andrea 70
Les rapports avec le docteur Giovetti ... 73
Les questions du docteur Giovetti 75
Pourquoi cette idée d'écrire un livre ... 77
De l'importance de la récupération manquée du corps de mon fils 78
Des messages de provenances diverses . 81

2. Le portrait d'Andrea 85
Sa guérison miraculeuse 86
Une vie exemplaire 90

3. Conclusion : Considérations et observations 99
Considérations générales sur la parapsychologie 99
Le cas de Madame Anita 103
Provenance des messages 105
Considérations pratiques 106
Les dangers à éviter 108
Les précautions suggérées par Andrea .. 110
Considérations finales 113

4. Appendice 115
Les critiques d'Andrea au sujet du livre 115
Entre Crispino et Saturnino 116
D'extraordinaires coïncidences 118
Le message de l'émission à la RAI-TV .. 119
Le cas de Madame Anita 120
Mise en garde à l'encontre des expériences médiumniques 121

Les explications d'Andrea 125
Des résultats surprenants 127

5. DOCUMENTATION : 131
Préambule 131
Les procès-verbaux des entretiens 133

6. Traduction de l'article de l'évêque de Trieste « Les heures de la ville » paru dans « Il Piccolo » 209

7. PHOTOGRAPHIES ET DOCUMENTS DIVERS 211

8. ATTESTATION DU DOCTEUR MAURO BRAIDA ... 223

9. MISE À JOUR DES FAITS 227
La Fondation Andrea Sardos Albertini . 227
Les extraordinaires résultats religieux du livre 228
Les « signes » extraordinaires au père et à des tiers 231
L'accueil du livre par les prêtres 245

Composition réalisée par EURONUMÉRIQUE

IMPRIMÉ EN ALLEMAGNE PAR ELSNERDRUCK
Dépôt légal Édit : 12032-05/2001
LIBRAIRIE GÉNÉRALE FRANÇAISE - 43, quai de Grenelle - 75015 Paris.
ISBN : 2-253-06517-X

30/9730/0